不可思議な殺人

西村京太郎
津村秀介
小杉健治
鳥羽 亮
日下圭介
中津文彦
五十嵐 均
梓 林太郎
山村美紗

目次

西村京太郎

琵《び》琶《わ》湖《こ》周遊殺人事件

著者・西村《にしむら》京太郎《きょうたろう》
一九三〇年、東京生まれ。六三年『歪《ゆが》んだ朝』でオール讀物推理小説新人賞を受賞し、作家生活に入る。六五年『天使の傷痕』で江戸川乱歩賞を、八一年『終着駅《ターミナル》殺人事件』で日本推理作家協会賞を受賞。十津川《とつがわ》警部シリーズなどで絶大な人気を誇っている。著書多数。

1

田中《たなか》刑事は、捜査一課で、一番大きな男である。身長一八〇センチ、今時は、さほど高いということはないが、体重は、一〇〇キロに近くなっていた。

アメリカでは、太り過ぎの警官には、イエローカードや、レッドカードが出るらしい。

日本でも、いつ、そんなことになるかもわからない。田中は、そう思い、今まで乗っていた車を捨て、自転車に乗ることにした。

七月中旬に、二日間の休暇を貰い、故郷の長浜《ながはま》へ帰ることにした時も、向こうでは、サイクリングを楽しむことに決めた。

長浜で、田中の両親は、旅館をやっている。

琵琶湖《びわこ》の湖岸に建つ、かなり大きな旅館だった。名前は「北の館」である。

田中は、この旅館の長男に生まれた。旅館の仕事が嫌で、上京し、警視庁に勤めることになったのだが、長浜の家には、妹しかいない。田中が、このまま、後をつがなければ、二十歳《はたち》になったばかりの妹の佐枝《さえ》が、若女将《おかみ》ということになってくるだろう。

七月十八日。

田中は、新幹線を、米原《まいばら》でおりた。

ここで、田中は、レンタサイクルを借りた。休みは、二日だけだから、レンタルの方が、安くつくと、計算したのだ。

大きな身体の田中が、自転車に乗った姿は、なかなか、ユーモラスである。

だが、器用に走る。もともと、ラグビーの選手だったから、運動神経は、抜群だった。

田中は、すぐ、湖岸に出た。

湖岸をめぐる道路に沿って、自転車専用道路が、走っている。

立派な専用道路だった。舗装されていて、青く塗られて、美しい。その道路が、延々と、琵琶湖をめぐっているのだ。

琵琶湖も、今年は、水量が豊かで、満々と水をたたえている。

田中は、快適に、自転車を走らせる。

湖は、刻々と、変化を見せる。葦《あし》の茂みが続くかと思うと、釣舟が出ていたりする。

急に、松林になる。その中に、テントが点在し、砂浜では、家族連れが、泳いでいる。キャンプ場なのだ。

左側に、そんな景色を見ながら、田中は、ペダルをこぐ。

右手の道路を、トラックや、自家用車や、バスが走っている。車の量は、それほど、多くない。

降り注ぐ陽《ひ》は、真夏のそれで暑いが、湖面を吹いてくる風が、心地良かった。

疲れてくると、自転車を止め、魔法瓶から、冷たい紅茶を、のどに流し込む。

湖面に、小さな浮筏《うきいかだ》があり、その上に、無人の建物が、のっかっているのが見える。まるで、オモチャのチャペルのように見える。

湖の反対側、道路を越えたところに、水田が広がっている。その水田に、琵琶湖の水を送り込むためのポンプである。道路の下を、水道管が通っていて、ポンプで、それに、水を送り込んでいるのだ。

そんな筏が、いくつか、湖面に、浮かんでいた。

田中は、また、自転車を、走らせる。

遠くに、竹生島《ちくぶじま》が、見えてきた。

(明日は、湖の北にある余呉湖《よごこ》まで、行ってみよう)

田中が、自転車を走らせながら、思ったときだった。

突然、田中は、右太股に衝撃を受け、彼の身体が、もんどりうって、投げ出された。

2

田中の身体は、専用道路に、叩きつけられた。

自転車は、葦の茂みへ突っ込んでいく。田中の太股から、鮮血が、噴出した。

たちまち、血が、青い道路にまで、流れ出ていく。

田中は、大きな呻《うめ》き声をあげた。

通りかかったトラックが止まり、運転手がおりて来て、

「大丈夫ですか？」

と、声をかける。

「救急車を呼んでくれ！」

田中は、叫び、ズボンのベルトを抜いて、それで、右足の止血をしようとした。

何とか、ベルトを太股に巻きつけ、手で、強く締めつける。その間に、トラックの運転手が、携帯電話で、救急車を呼んでくれた。

七分後に、救急車が、駈けつけたとき、田中は、気を失いかけていた。血は、完全には、止まっていなかったのだ。

田中は、そのまま、救急車で、長浜の救急病院に運ばれた。

その日の夕刊が、事件を伝えた。

〈警視庁の田中刑事、狙撃される。一命は取止めたが、重傷〉

〈琵琶湖の湖岸の自転車専用道路で、サイクリング中〉

そんな、見出しが、並んだ。

夕方になって、上司の十津川《とつがわ》警部と、亀井《かめい》刑事が、病院に、駆けつけてくれた。

その頃には、太股に命中した弾丸は、摘出され、鎮痛剤の注射も、うたれて効《き》いてきていた。

「今、県警の高木《たかぎ》警部から聞いてきたんだが、五・五ミリの弾丸だといっていた」

と、十津川が、いった。

「まあ、命に別条がなくて、良かった。ほっとしたよ」

亀井が、いう。

「銃声は、聞こえなかったみたいだね？」

十津川がきく。

「聞こえませんでした」

「じゃあ、犯人は、サイレンサーを、使ったのか」

と、十津川は、いってから、

「君は、誰かに、恨まれているということはないか？」

「なぜですか？」

「実は、捜査一課に、電話があったんだよ。男の声だ」

十津川は、小型のテープレコーダーを取り出して、田中に聞かせた。

——もし、もし。警視庁の捜査一課か？

「そうです。あなたは？」

——今日、おたくの田中刑事を狙《ねら》った。殺せなかったが、必ず、奴を殺してやる。

「もし、もし。田中刑事を何ですって？」

——必ず、殺してやると、いってるんだ。必ずだ。

「もし、もし。名前をいって下さい」

——田中刑事が、知ってるさ。おれのことを知りたければ、奴に聞け。

「これで、終わりだ」

と、十津川は、テープを止めた。

「声に、聞き覚えはありません」

と、田中は、いった。

「しかし、君のことを、恨んでいる」

「それは、わかりますが、覚えがありません。刑事ですから、恨まれることは、あると思いますが、具体的なことは、浮かんで来ないのです」

田中が、困惑した顔でいう。

病室のドアが開いて、滋賀県警の高木警部が、入って来た。

「今、現場周辺の聞き込みをやっていますが、なかなかこれといった収穫はありません。銃声を聞いた人がいないのです。サイレンサーが、使われたからだと思うのですが」

高木がいう。

十津川は、彼にも、テープを聞かせた。高木は、大いに、興味を示して、

「これは、田中刑事に対する個人的な恨みということになりますかね。そういえば、この辺の病院に、軒並み、電話してきた男がいます。田中という刑事が、入院していないかどうか、聞いて廻っているようなのです。男は、田中刑事の友人で、容態を知りたいといっていたそうです」

と、高木は、いう。

「それで、ここに入院していると、答えてしまったんですか？」

「受付の事務員が、田中刑事の友人というので、つい、うっかり、ここに入院している。命に別条はないから、安心して下さいと、答えてしまったと、いっています」

「その男の声は、このテープの声と、同じでしょうか？」

「女事務員に、聞かせてみましょう」

高木は、テープレコーダーを持って、一階へおりて行ったが、しばらくすると、戻って来て、

「受付の女事務員は、よく似ていると、いっています」

と、十津川たちに知らせた。

「同じ男ですか」

「これで、犯人は、田中刑事に、個人的に恨みを持つ男ということになりましたね」

と、高木は、断定するように、いった。

田中は、痛みを堪《こら》えながら、ベッドに起き上がって、

「しかし、なぜ、私が今日、湖岸のサイクリング道路を、自転車で走ると、犯人は知っていたんでしょう？」

と、十津川や、高木警部に、問いかけた。

「尾行されていたんじゃないか」

亀井が、いった。

「尾行って、東京から、尾行して来たということですか？」

「そうだよ。そして、君が、米原駅前で、自転車を借りたのを見て、待ち伏せしたんじゃないかね。それとも、共犯がいて、その共犯に連絡して、待ち伏せさせたか」

「ずいぶん、念が入《い》っていますね」

「それだけ、君が、恨まれているということになるんじゃないのか」

亀井は、田中の顔を、のぞき込むように見た。

「よして下さいよ。私は、そんなひどいことはしていませんよ」

と、田中は首を横に振ったが、傷の痛みに、顔をしかめた。

「だが、誰かに、ひどく恨まれていることは、間違いないんだ」

十津川が、いった。

夜になると、田中の両親が、心配して、駈けつけたが、思ったより、軽傷だと聞いて、ほっとしたようだった。

十津川は、二人に向かって、

「旅館の方に、息子さんのことで、妙な電話は、ありませんでしたか？　中年の男の声で、息子さんの容態を聞くような電話ですが」

と、きいた。

両親は、顔を見合わせてから、

「そんな電話は、ありませんが」

と、いった。

十津川は、田中に、

「どうやら、相手は、君の刑事としての仕事上のことで、恨みを、持っているみたいだな」

「刑事として、恨みを買っているということですか？」

田中は、ベッドに寝たまま、十津川を見上げた。

「そうだと思うんだがね」

「しかし、私は、ひとりで捜査したことはありません。常に、十津川班の一員として動いて来ましたし、片山《かたやま》刑事とコンビを組んで、仕事をしています」

「だがね、男は、捜査一課に電話してきて、君を殺してやると、わめいていたんだ。ひとりで、犯人を逮捕したことはなかったかね？　例えば、通勤途中に、痴漢を捕えたとか、スリを逮捕したとかだが」

「ありません」

「非番の時、酒を呑《の》んでいて、ケンカをしたことは？　ケンカして、相手を殴りつけたというようなことだが」

「そんなことをしていれば、マスコミに叩かれていますよ。それに、私は、こんな図体《ずうたい》をしていますが、酒は、呑めないんです」

「そうだな。酒の上のことで、恨まれたわけじゃないということか」

十津川は、迷いの表情になった。

翌日になると、少しずつ情報が入ってきた。

現場周辺から、薬莢《やっきょう》は、発見できなかった。そのことから、犯人は、車の中から、狙撃し、そのまま、逃走したのではないかと、考えられた。

その推理を頭に置いて、改めて、聞き込みをやってみると、現場付近で、怪しい車を見たという目撃者が現われたと、高木警部が、十津川に、知らせてくれた。

「シルバーメタリックのRV車だといっています。事件の前から、現場付近に、停《と》まっていたそうです」

「距離は、どのくらいですか？」

十津川が、きく。

「射たれた田中刑事まで、二十メートルぐらいのところに、停車していたと、いっています」

「田中刑事が射たれたあとは？」

「米原方向に、走り去っています」

「ナンバーや、乗っていた人間のことは、わかっているんですか？」

「それが、両方とも、わかりません。ただ、トヨタのＲＶ車だと思うという証言です」

と、高木は、いう。

田中の乗っていた自転車も、葦原から、引き揚げられた。前輪のタイヤが、ひん曲がってしまっていた。

十津川と、亀井は、現場に、足を運んだ。

青い専用道路には、まだ、血痕が、残っていた。

高木が、一緒に来て、不審なＲＶ車の停まっていた位置を、教えてくれた。確かに、距離は、二十メートルくらいだろう。

どんな銃が使われたか、まだ、わからないが、普通のライフルなら、命中させるのは、そう難しくはあるまい。

それを考えると、田中は、右の太股を射たれたが、命に別条がなかったのは、好運だったといわざるを得ない。自転車で走っていたから、犯人は、命中させられなかったのか。

二人が、病院に戻ると、入口のところで、県警の鑑識が、忙しく、動き廻っていた。

十津川が、何かあったのかと聞くと、入口のガラスに、銃弾が射ち込まれているのが、わかったのだという。

「二ヵ所に、穴があいていました。今、弾丸を探しているところです」

と、鑑識が、教えてくれた。

二発の弾丸は、入口の強化ガラスを貫通し、壁に、めり込んでいた。

昨夜、射ち込まれたらしい。

見つかった弾丸は、すぐ、田中の右股から摘出された弾丸と、照合された。

やはり、同じ五・五ミリの弾丸で、条痕から、同じ銃から発射されたものと、わかった。

「犯人は、田中が、この病院に入院したと知って、腹いせに、二発、射ち込んだんだろう」

と、十津川は、亀井に、いった。

県警の見解も、同じだった。

「執念深い犯人ですね」

亀井が、険しい表情で、いう。

「それだけ、田中刑事に対する恨みや、憎しみが強いということなんだろう」

「しかし、田中本人が、心当たりがないというのは、どういうことなんでしょうか？」

亀井が、首をかしげた。

「自分では気付かずに、人の恨みを買っているということもあるよ」

と、十津川は、いった。

田中と、いつもコンビで、捜査活動をしている片山刑事を、東京から呼んだ。

「君なら、何かわかるんじゃないかね？　田中刑事が、誰かに、恨みを受けているかどうかだ」

十津川は、長浜に着いた片山に、きいた。

「実は、ここに来るまで、新幹線の中で、ずっと、考えて来ました。考えられるのは、捜査上、逮捕した犯人の家族に、逆恨《さか》みされているのではないかと、いうことなんですが」

「うん」

「可能性はあると思いますが、私と田中刑事は、いつも一緒に動いていますから、彼を恨む人間は、私のことも恨む筈《はず》なんです。しかし、私が、狙われたこともありませんし、脅迫の電話や、手紙を受けたこともありません」

「すると、彼のプライベイトなことなんだろうか？」

「それも、ちょっと、考えられないのです。私は、彼のことを、よく知っていますが、人に命を狙われるようなマネは、しない筈です」

「だが、狙われたんだ」

と、十津川は、いった。

それも、ただ、狙われただけではない。犯人は、田中の入院した病院の入口に、銃弾を射ち込んでいるのだ。また、田中がいる捜査一課に電話して来て、必ず、彼を殺すと宣言している。

「犯人は、プロじゃありませんか？」

亀井が、十津川に、いった。

「暴力団ということか？」

「そうです。今は、素人でも、銃を入手して、殺人をやりますが、サイレンサーつきの銃というと、プロの仕業《しわざ》ではないかという気がしてくるのです」

「確かに、サイレンサーつきを、素人が使うというのは、ちょっと、考えられないな」

と、十津川も、頷《うなず》いた。

しかし、田中刑事が、なぜ、暴力団に、狙われたのか？

「新宿のS組の組長を、殺人容疑で、逮捕したことがあったな？」

十津川は、亀井と、片山の顔を見た。

「二年前でしょう。まだ、あの組長は、刑務所の中です」

と、亀井が、いう。

「手錠をかけたのは、田中刑事じゃなかったかな？」

十津川は、その事件を思い出しながら、いった。

「そうですが、たまたま、彼が手錠をかけたので、私も、傍《そば》にいました。他の刑事もです」

「そうだったな。私が、逮捕令状を、組長に、突きつけて、田中刑事が、手錠をかけたんだ。S組の人間が恨むんなら、田中刑事より、私の方だろうな」

と、十津川は、いった。

どうも、田中刑事だけが、恨まれ、憎まれている事件は、思いつかないのだ。

3

その日の夕方になって、また、一つ事件が、あった。

小学三年くらいの男の子が、病院に、菓子折を、届けに来たのである。

表には、「お見舞い」と、書かれてあった。

受付に来て、その男の子は、

「これを、入院している田中刑事さんに、渡して下さい」

と、いった。

当然、十津川が、不審に思って、その菓子折を調べてみた。

いやに重いし、耳を当てると、かすかに、時計の音が聞こえた。十津川は、狼狽《ろうばい》し、亀井と二人で、湖岸まで持って行き、湖に向かって放り投げた。

次の瞬間、猛烈な爆発音と共に、水柱が、あがった。

時限爆弾が、仕掛けられていたのだ。

県警の刑事が、受付の女事務員から、子供の人相を聞いて、探した。

見つかったのは、この近くの川村徹《かわむらとおる》という小学三年生の子供だった。

湖岸で、釣りをしていたら、中年の男が、やって来て、菓子折を渡し、

「これを、向こうの病院に持って行ってくれ。入院している田中という刑事に渡すんだ」

と、いい、千円をくれたのだという。

その子が、嘘をついているとは、思えなかった。子供の証言をもとにして、その男の似顔絵を作ることになった。

出来上がった似顔絵は、帽子をかぶり、サングラスをかけ、おまけに、マスクをしている。

これでは、顔がよくわからない。もちろん、子供に、顔を覚えられないように、こんな恰好《かっこう》をしているのだろう。

「とにかく、執拗ですね」

亀井が、呆《あき》れた顔で、十津川に、いった。

高木警部は、部下の刑事たちに、湖の岸近くで爆発した時限爆弾の破片を、水中から、集めるように指示しておいて、

「田中刑事は、よほど、犯人に恨まれているということになりますね」

「それもあるでしょうが、田中刑事が、犯人について、何か思い出さないうちに、殺してしまお

うと、焦っているのかも知れません」

十津川は、犯人の似顔絵を見ながら、いった。

話しながら、十津川は、犯人の異常さに、少しばかり、首をかしげてもいた。

十津川自身、二十年近く警察で働いているし、部下の刑事の仕事の難しさも、よくわかっている。凶悪犯に対して、優しく対応できないこともある。相手が、銃を乱射すれば、こちらも、射たなければならなくなる。その結果、犯人に重傷を負わせたこともあった。

それを、犯人の家族が、逆恨みすることもないわけではない。

十津川自身も、死刑になった殺人犯の遺族から、お前が殺したという脅迫めいた手紙を受け取ったことがあった。

だが、田中刑事は、身体に似合わぬ優しい男である。あまりにも優しいので、刑事には、向かないのではないかと、十津川が思ったほどなのだ。

コンビを組む、片山の方は、逆に、気性が激しくて、

「私が、狙われるなら、納得がいきますが、田中が狙われるのは、どうもわかりません。私と間違えているんじゃありませんかね」

と、十津川に、いう。

片山は、容疑者の取調中に、かっとして相手を殴りつけ、告訴されたこともある。田中には、そうしたことは、なかったし、これからも、ないだろう。

その田中が、なぜ、狙われるのか。

「女ですかね？」

亀井が、いう。

「女？」

「田中刑事が、暴力的な事件を起こしていて、恨みを買うということは、ちょっと考えられません。となると、女の問題ではないかと、思ったんですが」

「田中刑事が、そんな艶福家だったかね？」

「彼、優しいですから、女性に、もてるんじゃないですか？」

「君は、どう思う？」

十津川は、片山にきいた。

「彼が、女に優しいのは、本当ですが、女のことで、問題を起こしたとは思えません。田中刑事は、優しいから、女を裏切ったりはしないと思います」

片山は、確信のある表情で、いった。

十津川も、そう思う。田中という男は、女に欺《だま》されることはあっても、女を欺すことは出来ないのではないか。

（しかし――）

と、十津川は、思う。

犯人は、執拗に、名指しで、田中刑事を狙い、殺そうとしている。

それなのに、田中刑事本人は、思い当たることはないといい、冷静に考えて、彼が、誰かに、それほど、深い恨みを持たれているとは、どうしても、考えられないのだ。

「ひょっとして、犯人が、人違いしていることは考えられませんか」

亀井が、新しい考えを、口にした。

「誰かと、間違えて、狙っているということか？」

「そうです。他の刑事と間違えているということです。例えば、犯人は、相手の顔を知らず、ただ、身体の大きな刑事とだけしか知らずに、狙っているということも、考えられるんじゃありませんか？　また、田中という姓は、平凡で、捜査一課に、もう一人、田中という刑事がいますから、その田中と、間違えていることも、考えられます」

「となると、犯人は、誰かに、依頼されて、田中刑事を狙っているということになるな。犯人本人が、田中刑事を憎んでいるのなら、顔や名前を間違えることは、考えられないからね」

十津川は、難しい顔になっていた。

どうも、推理が、現実離れしてくるのだ。金で、殺しを請《う》け負う殺し屋か。

高木警部が、爆発物の検査結果を携《たずさ》えてやって来た。

「例の爆発物の検査結果を知らせに来ました。使用された爆薬は、ダイナマイト二本分と思われます。非常に古典的な時限装置で、市販の目覚時計が、利用されているということです。時間が来ると、電流が流れて爆発する仕掛けです」

と、高木が、いった。

「確かに、古典的な装置ですね」

「そうでしょう。田中刑事の狙撃には、サイレンサーつきのライフルを使ったと思われるのに、時限爆弾の方は、お粗末です」

「あの菓子折は、異常に重かったし、耳に当てると、時計の音が聞こえましたよ。音の出ない目覚時計だって売っているのに、なぜ、そんな時計を、使ったんですかね。そこが、わかりませんね」

十津川は、首をかしげた。

「他にも、おかしいことは、あります」

亀井が、いう。

「何が、おかしい？」

「犯人は、わざわざ、捜査一課に電話して来て、田中刑事を殺すと、脅しました。病院も確かめた。当然、こちらは、警戒します。そこへ、怪しげな見舞いの菓子折が届けば、誰だって、警戒しますよ。犯人は、そんなことも、わからなかったんですかね？」

「そうだね。犯人の行動は、爆弾に関する限り、少しばかり、バカげている」

「そうです。時限爆弾を送りつけるのに、なぜ、警戒させるようなことをしたのか、理解に苦しみますよ。脅迫電話の他に、病院の入口のドアに、銃弾を射ち込んだりしているんですから」

「だが、犯人は、バカげたことをやっているんだ」

十津川は、当惑し、険しい眼になっていた。

4

田中の傷は、どんどん良くなって行く。もともと、体力がある男なのだ。

彼が、射たれてから、一週間がたった。

犯人は、時限爆弾のあと、これといった動きは、見せていない。

この日の夜になって、十津川に、東京から、電話が、入った。西本《にしもと》刑事からである。

「今、田中刑事のマンションで、火災が発生したという知らせが、入りました！」

と、西本が、興奮した口調で、いう。

「火災？」

「そうです。国立《くにたち》のマンションです。日下《くさか》刑事が、確認に、行っています」

「彼の部屋が、焼けているのか？」

「ちょっと待って下さい。日下刑事から、電話が入りました」

西本の声が、いったん、電話口から離れ、すぐ戻ってきて、

「間違いありません。火災は、消し止められましたが、506号室、田中刑事の部屋だそうです」

と、報告した。

「間違いないんだな？」

「消防と、地元の警察が、確認したそうです」

西本が、大きな声で、いう。

「放火されたのか？」

「そうだと思います」

「どういうことなんだ？」

「私にもわかりません」

十津川は、電話を切ると、病室にいる亀井たちに、火事のことを知らせた。

「すぐ、東京へ戻ります」

と、田中がベッドから起き上がった。

「大丈夫なのか？」

「もう、歩けます。犯人は私を、とことん、やるつもりなんです。東京に戻って、犯人が、何のつもりで、私の部屋に放火したのか、調べてみます」

田中が、息まいた。

「よし、全員で、東京に戻ろう」

十津川が、決断するように、いった。

翌日、十津川は、タクシーを呼び、病院から、田中を退院させ、全員で、米原駅に向かった。

新幹線に、乗る。列車が、名古屋《なごや》に近づいたところで、十津川は、片山刑事に向かって、

「君と、田中刑事は、このまま、東京に戻れ。君は、彼を守ってやってくれ」

と、いった。

「警部は、どうするんですか？」

「私と、カメさんは、名古屋で、おりる」

「なぜですか？」

「質問は、するな」

と、十津川は、いった。

十津川と、亀井は、名古屋でおりた。

ホームで、田中と、片山を見送ってから、十津川は、亀井に、

「夜になってから、長浜に戻る」

と、いった。

「説明して下さい」

亀井が、いう。

十津川は、新幹線では戻らず、夕方になって、名古屋駅で、レンタカーを借りた。

その車の中で、十津川は、自分の考えを亀井に、説明した。

「東京の火事は、犯人の仕業だと思っている」

「同感です」

「犯人は、何とか、田中刑事を、というより、われわれを、東京に、引き戻そうとしていると思った」

「それも、同感です」

「それで、犯人の狙い通りに動いてみることにしたんだ」

「われわれが、長浜に戻る理由は、何ですか？」

「田中刑事が、誰かの恨みを買う理由が、なかなか、見つからなかった」

「しかし、犯人は、執拗に、田中刑事を狙いましたよ」

「だが、成功しなかった」

「やり方が、拙劣《せつれつ》だったからです」

「その通りだ。なぜ、拙劣だったんだろう？」

「なぜといわれましても、犯人に、聞いてみるより仕方がありませんが」

「犯人は、わざと、拙劣にやったんじゃないだろうか？」

十津川は、いう。亀井は、変な顔をした。

「あれだけ、執拗に、田中刑事を狙っているのに、わざと、下手《へた》にですか？」

「殺す気はなかったんじゃないかと、私は、思うんだがね」

「しかし、彼は、サイクリング中に、狙撃されたんですよ。足に命中したから、命は、助かりましたが、一歩間違えば、死んでいます」

「それで、私は、迷っていたんだ。本当に、田中刑事を殺す気だったのかも知れないと思ってね。だが、そのあとは、拙劣の連続だ」

「どういうことになるんでしょうか？」

「サイクリング中の田中刑事を射ったのも、彼に命中させる気じゃなかったのではないかと考えた」

「そうはいっても、じゃあ、何のために犯人は、サイレンサーつきのライフルで、射ったんですか？」

「狙ったのは、自転車じゃないだろうか？」

「乗っている人間ではなくですか？」

「そうだ、自転車だ。タイヤに、命中させる。当然、自転車は、転倒する」

「するでしょうが、何のためですか？」

「サイレンサーで、自転車を転倒させる。誰も、ライフルで狙われたとは考えない。普通のタイヤのパンクだと思う」

十津川は、ポケットから、新聞の切抜きを取り出して、亀井に、示した。

〈湖畔の自転車専用道路で、サイクリング中のサラリーマンが負傷。タイヤがパンクし、転倒〉

「そこに、最近になって、三台目と書いてある」

「そうですね」

「最近の自転車は、そんなに簡単に、パンクなんかしないんじゃないかね」

「そうでしょう」

「それなのに、続けて、三台も、パンクし、転倒している」

「ええ」

「この三つの事件だが、犯人が、サイレンサーつきのライフルで、車の中から、あの専用道路をサイクリング中の自転車を狙って、射ったんだと思うんだよ」

「そして、四台目に、田中刑事の自転車が、狙撃されたということですか？」

「だが、それが、外れて、田中刑事の太股に、命中させてしまったんだ」

「少し、とっぴな気がしますが――」

「だが、そう考えると、辻褄《つじつま》が合ってくるんだよ。犯人は、狼狽した。事件になってしまったからだ。テレビや、新聞は、負傷したのが、警視庁捜査一課の田中という刑事だと、告げた。犯人は、ますます、狼狽した。自分が、射ってしまった相手が、現役の刑事とわかったからだよ。犯人は、人間を射つつもりはなかったからだ。本当の意図を知られては困る。そこで、必死になって、動機隠しに、奔走した」

「それが、捜査一課への脅迫電話ですか？」

「そうだよ。田中刑事を恨んでいる人間が、彼を狙ったことにしたかったんだ。だが、殺したのでは、もっと、大事《おおごと》になってしまう。徹底的な警察の捜査が始まってしまう。だから、拙劣な方法を取った」

十津川は、そこまで話してから、レンタカーを、スタートさせた。

「最後には、東京の田中刑事のマンションに、放火したわけですね」

亀井が、助手席から、十津川を見て、きいた。

十津川は、名神《めいしん》高速を、米原ジャンクションに向かって、走らせながら、

「犯人は、われわれを、何とかして、東京に、戻らせたかったんだ。東京の田中刑事のマンションに放火すれば、犯人は、東京にいると思い、われわれが、戻ると、計算したんだろう」

「なぜ、そんな面倒なことをしたんでしょうか？」

「長浜に戻れば、それが、わかると思っているんだがね」

と、十津川は、いった。が、さほど自信があるわけではなかった。

米原ジャンクションで、名神高速を出ると、十津川は、湖岸を走る道路に向かった。

夜の暗い湖面が見えた。

左手に、自転車専用道路が、青く、浮かび上がっている。それが、延々と、湖岸をめぐっている。

青いアンツーカーの美しい専用道路だ。

長浜市内に戻り、警察署に着くと、十津川たちは、高木警部に、会った。

「十津川さんにいわれて、調べましたが、八月の湖水まつりに合わせて、湖岸を一周する『ツール・ド・びわこ』が、行なわれます」

と、十津川に、いった。

「いつですか？」

「八月八日です」

「じゃあ、もう、半月ないんだ」

「そうです。そのツール・ド・びわこには、日本中の有力選手が、出走する。大きなイベントになっています」

と、高木は、いう。

「しかし、金は、賭かっていないんでしょう？」

「そうなんですが、これが、ひそかに、賭《かけ》の対象になって、厖大《ぼうだい》な賭金が、動くといわれているんです。インターネットにも、このツール・ド・びわこに出走する選手が、紹介され、オッズまで、出ているそうなんです」

「どのくらいの金が、動くんですか？」

「わかりませんが、何億、いや、何十億という金だといわれています」

高木は、ツール・ド・びわこに出走する有力選手の名前を書いたリストを見せてくれた。

「今、各地で、ロードレースが行なわれていて、ツール・ド・びわこが、その総決算になるわけです。各地で戦って、その結果が点数になっていて、その順番で、ナンバーがふられています。今、一番点数の多いのが、１番の古井《ふるい》選手です。以下、獲得した点数順に、ナンバーが、ついています」

「そして、ツール・ド・びわこで、日本一が、決まるわけですか？」

「そうです」

「厖大な金が賭かっていると、いわれましたね？」

「そうです」

「当然、ここまで、ナンバー・ワンの古井選手が、最有力ということになりますね」

「この選手リストは、インターネットに堂々と発表されて、賭の参考にされているのです。各地のレースの成績を、インターネットで発表するのは、別に、罪にはなりませんから」

「何十億と動く、この賭の胴元は、誰なんですか？」

「N組だという噂ですが、確証は、ありません」

「ツール・ド・びわこは、テレビで、放送されるんですか？」

「全国ネットで、放送されます。つまり、全国的な賭博が、全国放送で、客は、見られるというわけですよ」

と、高木は、いった。

「競技は一般道路で、行なわれるんでしょう？」

「湖岸をめぐる道路の片側車線を使って、行なわれます。八月に入ると、選手は、自転車専用道路を使って、練習を開始するはずです」

「犯人も、専用道路を使って、狙撃の練習をしていたことになりますね」

十津川は、自分の推理に、少しずつ、自信を持って、いった。

犯人は、八月八日から始まるツール・ド・びわこで、有力選手の自転車を狙撃する気なのだ。

「レースの詳しいことを知りたいんですが」

「長浜城を出発して、湖岸を一周して、長浜城に戻ってくるレースです」

「すると、田中刑事が射たれたあたりが、最終コーナーとなるわけですね」

「そうです。八月八日から、三日間かけて、一周します。その最終コーナーです」

と、高木は、いう。

「犯人は、そこで、狙う気なんだと思いますね」

と、十津川は、いった。

「選手は、時速五十キロぐらいで走るわけでしょう？」

亀井が、いった。

「そのくらいは、出るでしょうね」

「その自転車のタイヤを狙うのは、難しいでしょうね」

「だから、犯人は、練習を、繰り返したんだよ」

十津川が、いい、壁にかかっている琵琶湖の地図に眼をやった。

犯人はサイレンサーつきで、優秀な狙撃銃《スナイパー》を持っているのではないか。

何しろ、時速五十キロ以上で走る自転車のタイヤを狙うのだ。照準器もついているかも知れない。

普通、狙撃銃は、口径が、七・六二ミリだが、アメリカ軍が、制式銃として使用しているM16の、改良型、M16A2は、五・五ミリ、正確には、五・五六ミリ弾を使用する。

田中刑事の右股から摘出された弾丸は、五・五ミリだから、このM16A2ではないだろうか。

M16A2は、ロシアのAK47と、世界を二分する傑作ライフルといわれているものである。

これに、照準器と、サイレンサーをつけ、犯人は、使用しているのではないか。

M16A2は、日本にいる米軍が、使用しているから、入手しやすいだろうし、グアムなどに行けば、練習が出来る。

十津川は、前に、ライフルで、連続殺人を行なう犯人と対決したことがあるが、その時、犯人が、使用したのが、M16A2だった。その犯人は、日本にいる米軍から、手に入れたのである。

八月一日。長浜署で、滋賀県警の捜査会議が開かれ、十津川と、亀井も、出席した。

その会議で、十津川は、自分の推理を、話した。

「田中刑事が、射たれた事件は、犯人が、彼を狙ったのではなく、自転車のタイヤを、狙ったものと考えます。八月八日から開催されるツール・ド・びわこが真の狙いです。そこで、有力選手の自転車を狙い、転倒させ、賭博で、大金を手に入れることが、目的です」

「それが間違いないという証拠があるのかね？」

県警本部長が、きく。

「確証はありません。しかし、最近、湖岸の自転車専用道路で、三台の自転車が、立て続けに、パンクして、転倒し、乗っていた人間が、負傷しています。最近の自転車は、そんなに、簡単に、パンクしたりしない筈なので、おかしいと思うのです」

「その三台の自転車は、調べたのか？」

本部長が、高木に、きく。

「いえ。単なるパンクと考えられるので、われわれが、調べることはしていません」

「続けてくれ」

と、本部長が、十津川を見た。

「全て、ツール・ド・びわこで、有力選手を、着外に落とすための練習を、やっていたのだと、思います。犯人は、七月十八日も、練習のつもりで、たまたま、自転車を借りて、専用道路を走っている田中刑事を射ちました。田中刑事ではなく、彼の乗っている自転車のタイヤを狙ったのですが、それが外れて、彼の太股を射ってしまいました。犯人は、失敗してしまったのです。犯人が、一番恐れたのは、ツール・ド・びわこで、有力選手の自転車を狙うことが、バレてしまうことです。そこで、必死になって、田中刑事に、恨みを持つ者の犯行に見せかけたのです」

「それは、間違いないんだろうね？」

「田中刑事のことは、よく知っていますが、彼は、温厚な青年で、人の恨みを買うような人間ではありません。それは、私が、断言します。それに、犯人は、田中を殺してやると、わめくわりに、実際にやることは、とても、田中刑事を、殺すようなことではありませんでした。実際に殺してしまえば、殺人事件として、警察が捜査を開始するので、それでは、困るわけです。犯人としては、田中刑事を射ってしまったことの真相を知られるのが、一番困るのです。だから、動機隠しに、田中刑事を、狙ったのです。何回も」

「そこまでは、わかった。君の推理が、当たっているとして、犯人は、誰なんだ」

「ツール・ド・びわこは、大きな賭の対象になっていて、胴元は、N組と聞きました」

「N組は、地元の暴力団だ」

「N組に関係している人間が、真犯人だと思っています」

「それだけでは、漠然としすぎるな。N組は、組員が、全国で、一万人近くいるといわれているし、組幹部も、県内だけでも五十人近いんだ」

本部長は、難しい顔で、いった。

「犯人は、中年の男で、アメリカ本国か、グアムあたりで、射撃の訓練をしてきたと思います。そして、M16A2を手に入れている。声も、録音してあります」

と、十津川は、いった。

翌日から、県警の刑事たちは、N組の内偵を始めた。

また、この日から、ツール・ド・びわこに出場する全国の選手が、集まり、湖岸の専用道路で、練習を、始めた。

十津川たちは、このツール・ド・びわこの主催者には、今回の事件のことも、犯人のことも、話さなかった。競技が、混乱することを、恐れたためである。

その代わり、ツール・ド・びわこが始まる八月八日までに、犯人を逮捕する必要があった。

時間は、あまりなかった。

N組の幹部の中で、何人かが、ハワイや、グアムに、旅行していることがわかった。

そのうち、長期にわたって、グアムに滞在したのは、三人であることがわかった。

いずれも、四十歳前後の年齢である。

その中には、グアムで、銃を射ってきたことを自慢する者もいたし、何も喋らない男もいた。

十津川は、この三人の声を、録音したいと思った。

県警の第四課の刑事に、県警本部長を通して、協力して貰うことにした。

四課の沼田《ぬまた》という警部が、十津川の、相談にのってくれた。

「この三人の声を、採《と》ってきて欲しいんです。出来れば、内密にです」

と、十津川は、沼田にいった。

「内密というのは、どういうことです？」

「われわれが、真相に、気付いていないと、思わせたいのです。何か、この三人に会って、事情聴取をする理由がありませんか？」

「最近、N組が、覚醒剤に手を出しているという噂があるのです。その件で、この三人だけでなく、幹部の全員に、事情聴取をやってみましょう。どうせ、やることになっていたから、丁度いい」

と、沼田は、いってくれた。

五十人の幹部の事情聴取は、二日間にわたって、行なわれた。その中には、問題の三人の幹部のテープも入っていた。

十津川たちは、その三人の声と、捜査一課にかかってきた声のテープを、照合した。

その結果、浮かびあがってきたのは、「久保恵一《くぼけいいち》」という男だった。

年齢四十二歳。N組の中の若頭の一人である。

グアムには、しばしば旅行していた。それも、一回が一カ月という長期にわたっている。

また、久保の下に、RV車を持っている若い組員が、いることも、わかった。

久保の写真も、手に入った。

だが、これだけでは、彼を逮捕することは、出来ない。彼が、ライフルを持っていて、田中刑事を、狙撃した証拠が、必要だった。

ツール・ド・びわこで、彼が、有力選手を狙撃する瞬間を逮捕したらいいという意見も、県警の中にはあったが、その考えは、採用されなかった。

危険すぎたからである。田中刑事のように、弾丸が、自転車のタイヤに命中せず、選手に命中してしまうことも、考えられたからだった。

第一、ツール・ド・びわこが、狙われると知っていて、それまで、待つわけには、いかなかった。

久保は、長浜市内に、事務所を、持っていた。

湖岸寄りに、事務所があった。十津川は、亀井と、その事務所を、まず見張ることにした。

事務所に踏み込んでもいいのだが、そこで、田中を射ったライフルが、見つからなければ、いたずらに、相手を用心させてしまうことになる。

高木警部の協力を得て、十津川は、我慢づよく、久保の事務所を、監視した。

八月八日が、近づいてくる。

ツール・ド・びわこの大きな看板が、目立つようになってきた。

久保は、これといった動きを見せず、事務所に、張りついている。

久保が動かなければ、十津川たちも、動けない。

八月七日になってしまった。

明日は、いよいよ、ツール・ド・びわこである。

夜おそく、急に久保が、事務所を出た。組員の運転するRV車に乗る。

「例のライフルを預けておいた所へ行くんじゃありませんか?」

と、亀井が、いった。

RV車が向かったのは、同じ長浜市内の小さな旅館だった。

そこで、組員だけが、車からおり、旅館の中に入っていくと、二十分ほどして、出て来た。

肩には、ゴルフバッグを下げている。

(あの中に、ライフルがある)

と、十津川は、推理した。こんな夜おそく、ゴルフ道具を取りに来るというのが、おかしいのだ。

組員が、RV車に戻り、発車した瞬間、高木が、覆面パトカーを、その鼻先に、突っ込んだ。

RV車が、急ブレーキをかけて、急停車する。

運転席から、若い組員が、顔をつき出して、怒鳴《どな》る。高木が、応対する。

十津川と亀井は、その隙《すき》に、パトカーから飛びおり、RV車に向かって、突進した。二人とも、万一に備えて、拳銃を手に持っている。

RV車のドアを、強引に開けた。

中に、久保が、ライフルを抱えて、座っていた。

亀井が、拳銃を構える。

「久保恵一だな？」

十津川は、拳銃を下げたまま、久保を睨《にら》んだ。

久保は、反射的に、ライフルを構えたが、すぐ下《おろ》してしまった。まだ、弾倉をはめていなかったのだ。

「オモチャだよ」

と、久保は笑った。

十津川は、それを、久保から取りあげた。

「本物のM16A2だ」

「おれにとっては、オモチャだ。不法所持で、一年か二年か」

久保は、また、ニヤッとした。

「いや、違う」

「どう、違うんだ？」

「田中刑事を、射ったことを、忘れているぞ。殺人未遂だ」

「あれは、いたずらで自転車を射ったんだ。タイヤを射ったんだ」

久保が、あわてて、いう。

「いや、君は、田中刑事を殺そうとして、射ったんだ」

十津川は、いい、ポケットから、テープレコーダーを取り出して、スイッチを入れた。


——今日、おたくの田中刑事を狙った。殺せなかったが、必ず、奴を殺してやる。

「もし、もし。田中刑事を何ですって？」

——必ず、殺してやると、いってるんだ。必ずだ。


「君の声だ」

「それは——」

久保の顔が、青くなる。今度は、十津川の笑う番だった。

「君は、自分で、田中刑事を、殺すと、わめいているんだ。それも、何回もだ。殺すつもりで射ったと、自分でいってるようなものじゃないか？」

「——」

「君は、ミスしたんだよ。本当の動機を隠そうとして、自分の罪を重くしたんだ」

津村秀介

背信の空路

著者・津村《つむら》秀介《しゅうすけ》
一九三三年、神奈川県生まれ。八二年『影の複合』で本格推理作家としてデビュー。以後、名探偵・浦上《うらがみ》伸介《しんすけ》が活躍する作品を精力的に発表し、アリバイ崩しの名手として不動の地位を築く。主な著書に『雨の旅　角館の殺人』『霧の旅　唐津の殺人』など、多数。

1

冬の日本海は、どんよりと曇った日が多いのだが、その日の富山湾は、いつになくきれいな波の色を見せていた。

蒼《あお》い波に、十二月の午後の日が降り注《そそ》いでいる。

定刻十二時四十分に富山空港を離陸したボーイング737機は、快調なエンジンの音を残して、晴れた空に舞い上がった。

見る見るうちに富山の市街地が小さくなると、機首は東方に向けられ、水平飛行に移った。

神通《じんづう》川の富山空港から東京湾の羽田《はねだ》空港まで、一時間五分の飛行距離である。

日曜日であるためか、この日の機内は満席ではなかった。

定員百二十六人のシートの、ほぼ三分の一が空《あ》いている。

今井昌造《いまいしょうぞう》は、一週間の北陸出張を終えて、東京へ帰るところだった。

(ついているぞ。今日は、文句なしの飛行日和《びより》だ)

今井は禁煙ランプが消え、ベルト着用のサインが消えて、スチュワーデスがおしぼりを配って来ると、大きく伸びをした。

窓の下に、雪をかぶった雄大な山脈《やまなみ》がつづいている。

東京は雨の少ない年の瀬を迎えていたけれども、この冬の日本海側は、例年になく雪が早かった。

今井はセブンスターをくゆらしながら、じっと、眼下に広がる風景に見入った。ボーイング737機は、大した震動も感じさせず、安定した飛行をつづけている。

今井は四十二歳。

東京・西新橋《にししんばし》に本社を置く商事会社の、営業課長だった。会社は、主としてプリペイドカードなどの開発販売に当たっており、今井はSPプランナーも兼ねていた。

福井、石川、そして富山と、ルートセールスをしての帰りである。

このところ景気は下向きで、四日の日程が一週間に延びてしまったけれども、ともあれ、所期の目的に近いセールスを完了することができた。

そうでなければ、こんなふうに、のんびりと飛行機に乗っていることはできなかったであろう。

今井は、その小太りな体型に似合わず、神経質なタイプだった。

現代的な職場で活躍しているのに、出張に飛行機を使わなければいけないと聞いただけで、落ち着かなくなってくるのである。

初めて空路を利用した、新入社員当時の高知出張が、悪天候だったのがいけなかったようである。

　そのとき、シートベルトはつけっ放し、着陸まで何度も激しく揺られたことが、今井を根っからの飛行機嫌いにしたと言えるかもしれない。

　以来、今井は、飛行機事故を耳にするたびに、二度と乗るまいと思った。

　寝台特急を乗り継いででも、出張には空路を避けるのを常とした。

『飛行機は、空飛ぶ密室だよ。何かが起こっても、救いを求めることも、飛び下りることもできやしない』

　今井は、ことあるごとに、妻や子供たちに漏らしていた。

　そんな男が、空路を選んだ。

　今回だって、予定どおり四日間でスケジュールが消化されていたら、飛行機で帰京、ということはなかったに違いない。

　だが、年末なので、帰りを急がなければならなかった。

　日曜日とはいえ、今井は羽田から西新橋の本社へ直行する手筈《てはず》になっている。

　日本海が珍しく晴天であったことと、歳末であることが、今井に決断を与えたとも言える。

（こんなローカル線では、ハイジャックなんてこともあるまいし）

　今井は、神経質な自分を恥じるように機内を見回した。

　何の異常もあるはずはなかった。

適当に空席があるだけに、機内はゆったりとしている。

乗客たちは、備え付けの週刊誌や新聞を広げたり、あるいは、一心に眼下の風景を眺めていたりした。

時折客席に足を運んで来るスチュワーデスにも、特別な変化は感じられない。

この定期便は、まったくいつもと変わることのない飛行をつづけていたのである。

乗客に対する、機長のマイク越しのメッセージが流れてきたのは、水平飛行に移って、十分ほども経ったときであろうか。

東京の天候も快晴である、と、最後に機長は言った。

いつであったか、

『飛行機が嫌いだなんて、第一線のビジネスマンらしくないね』

と、そんなふうに冷やかした常務のことばがよみがえってきて、思わず、今井の頰に苦笑が浮かんだ。

(たまには、飛行機を利用するのも、悪くはないかもしれないな)

今井はたばこを消した。

しかし、そうした心の落着きといったものは、それから五分ともたなかったのである。

それほど必要もなかったのに、トイレに立ったのがいけなかった。

トイレは機内の後部にあった。

トイレの手前で、二人分のシートを占領する若い男がいた。

肩幅の広い、長身の男だ。

今井が男の横を通ると、

「何だ?」

というように、相手はぐっと睨《にら》みつけてきたのである。

平凡なサラリーマンに過ぎない今井であったが、思わず身構えてしまったほどに、男の両の目には陰湿な、暗い光があった。

ある意味では、死人《しびと》を思わせるような無表情な目であった。

長身の男は、白っぽいダスターコートを、無造作に羽織《はお》っている。

それで思い出したが、この崩れた印象の長身は、さっき、飛行機の離陸寸前に駆け込んで来た男に違いなかった。

沈んだ面持《おもも》ちの若い男は、しかし、今井という特定の人間を睨みつけているわけではなさそうだった。

(何て気味の悪い男だろう)

今井は、トイレに入っても、落ち着かなかった。

もう一つの記憶がよみがえってきたのは、トイレのドアを閉めた一瞬である。

（あの男？）

今井は、はっとしたように、小声で口走っていた。

（そうだ、あいつだ。金沢《かなざわ》のホテルで会ったあの男だ！）

若い男のほうでは、今井の顔を覚えているはずはない。

だが、今井は、他の大勢の宿泊客たちと一緒に、和服の女の右腕をねじり上げるこの男を、たしかに目にしている。

三日前の夜のことだった。

古都金沢の繁華街、香林坊《こうりんぼう》にあるシティーホテルのロビーだった。

フロントロビーは、エスカレーターを上がった二階にあり、男の、重い叫び声も、今井の記憶に残っている。

ベルボーイが止めに入ろうとすると、男は強い力でボーイを振り払い、こう叫び返していたのだ。

『この女は、オレが殺す！　邪魔立てすると、てめえたちも一緒に、道連れにしてやるぞ！　いいか！』

三日前のあの夜、男は、どうしようもないほどに酔いどれていたようだ。

しかし、いま、ぐっと睨みつけてきた男の目は、あのときの凶暴な印象とまったく同じではないか！

あの男が、この飛行機に乗っている。

(右腕をねじり上げられていた、和服の女も一緒なのか)

今井は、最早《もはや》、用を足すどころではなかった。

2

その頃、香山久子《かやまひさこ》を乗せた北陸本線下り特急〝白鳥〟は、富山駅を発車し、次の停車駅魚津《うおづ》へと向かって走っていた。

魚津から糸魚川《いといがわ》に停《と》まり、その次の停車駅が、久子の故郷である直江津《なおえつ》となる。

和服が似合う色白の久子には、いかにも上流家庭の若夫人らしい品のよさがあった。

新潟県の直江津から東京へ嫁《とつ》いで、間もなく六年になる。

久子は三十二歳の誕生日を過ぎたが、子供がいないせいか、実際の年齢より五つは若く見える。

久子はグリーン車の片隅で、移り変わる窓外の景色を、ぼんやりと眺めている。

日本海は、晴れてはいても、久子には暗いものとしか映《うつ》らない。

三日前の夜、金沢・香林坊のシティーホテルで、殺すの殺さないのと騒いでいた男女の一人が、この上品な横顔の久子であるなど、だれにも想像できなかっただろう。

夢想もできなくても、そうなのだ。

あの夜、ホテルのベルボーイに制止され、今井たち宿泊客に目撃された和服の女が久子であり、羽田へ向かうボーイング737機の中で、沈んだ眼差《まなざ》しを見せているのが、あのときの狂ったような酔いどれ男、中山克彦《なかやまかつひこ》にほかならなかったのである。

さっき、富山空港の出発ロビーで、久子は、遅れて来た中山が慌《あわ》てて搭乗手続きを済ませるのを、チケットカウンターの物陰から眺めていたのだった。

そして、大きい紙袋を手にした中山が飛行機に駆け込むのを見届けてから富山駅に引き返し、逆方向の下り特急〝白鳥〟に乗った。

(これでいいんだわ)

午後の日に映《は》える沿線の雪景色を見やりながら、小さいつぶやきが、久子のかたちのいい口元から漏れる。

中山は、

『飛行機なんか吹っ飛ばしてしまえばいいじゃないか』

と、繰り返していたのだ。

『飛行機を燃やしてしまえば、オレとおまえは、否《いや》も応《おう》もなく、一緒に死ねる。なあ久子、オレと死んでくれるというのが本心なら、同じ飛行機に乗ろう』

中山は、顔つきも話し方も、完全に正常さを失っていた。

（あたしが同行したら、あのひとは、本当に飛行機に火を放ったかもしれない）

それを考えると、自分にも判然としない感情が、久子の胸を締めつけてくる。

久子と中山は、たしかに追い詰められていたのである。

中山は、久子の夫が父親の援助で始めた会社の社員であり、夫の大学時代の後輩に当たっている。

夫の父親は、都内にいくつかの営業所を持つ自動車販売会社の社長をしているが、夫は、グラフィックデザイナーとかコピーライター、そしてトレーサーなどを抱えて独立、「企画制作」会社を経営しているのである。

久子の夫は、経理室スタッフとしてスカウトした中山に、とくに目をかけていた。

社員とか後輩というよりも、実の弟のようにかわいがっていた。

その夫を、久子と中山が裏切ったのは、半年前の六月上旬である。

夫が、東南アジアへ業務出張した留守に、不幸は起こった。

いや、夫の留守というのは、いまにして考えれば、一つのきっかけに過ぎなかっただろう。

それ以前から、久子と中山の内面には、相通じるものが流れていたのだ。

中山は二十七歳である。

人妻と、年下の独身男性。

人目を避ける「関係」へ、久子を駆り立てたものは、いったい何であったのか。

貞淑な妻の貌《かお》の下で、久子自身気づかないままに揺らいでいた、女の性《さが》が、ひょいと表面に出てしまった、とでも言えばいいのだろうか。

久子は、心身ともに恵まれた生活環境にいた。

夫の会社は発展の一途を辿《たど》っていたし、夫は久子を愛してくれた。

それなのに久子は、半ば自分のほうから求めるようにして、中山の若い腕に抱かれたのだ。

赤坂《あかさか》の、一流シティーホテルのツインルームだった。

子供のいない身軽さも、遠因となっていたかもしれない。

『奥さん、初めてお目にかかったときから好きでした』

中山は、二人だけのツインルームの中で、一本気な性格をそのままに、若さをむき出しにした。

夫のようなやさしい愛撫ではなかったけれども、夫とは異質な、セックスの魅力を中山は備えていた。

中山は小柄な久子を、その太い腕で抱き締め、白い肌のところかまわず、熱い唇を押し当ててくる。

『違うの。こうするのよ』

久子が、中山の太い指先を先導し、女の内奥の秘密を、文字どおり肌で分からせようとし始めたのは、夫の目を盗むデートが、一ヵ月、二ヵ月と繰り返されてからだった。

夫のベッドの中では、一方的に受け身の立場であったが、自分を責めてもらうために、年下の男をリードする。

そこには、かつて想像したこともない、微妙な興奮があった。

久子は、夫の前ではけっして見せたことのない、大胆な体位をとることもあった。

『いけないわ。そんなに強くしては駄目。少しずつよ』

久子がたまらなくなって半身をよじると、若い中山の顔には、何とも言えない表情の浮かんでくるのが常だった。

久子の柔肌を責めることで、にじんでくる、ある種の充足感に違いなかった。

そして、そうした中山の「変化」を意識することで、なお一層、久子の興奮が高められていく。

性の本能から命じられるままに、体を開いてしまうのが、そんなときである。

こうして久子は、歩、一歩、深みへとはまっていった。

何の不足もなかったはずの夫に対して、不満を覚えるようになったのは、秘密のデートに捉《とら》われた結果と言える。

『奥さん、先輩と別れて、ぼくと一緒になってくれないか』

中山が真剣な口調で切り出してきたのは、九月も下旬を過ぎる頃だった。

久子には、しかし、恵まれた日常を捨てるだけの決断がなかった。

夫や、夫の両親に対してもそうだが、久子の直江津の生家も、山林地主として知られた素封家《そほう》であり、何にも増して、世間体が大事だった。

それに中山とのセックスは、隠されたものであるからこそ、充足感も倍加されるのであろう。

久子は、その点もそれなりにわきまえていた。

そう、結局のところ、浮気は浮気に過ぎないのである。

だが、確実にエスカレートしていく男女の関係が、いつまでも秘密裡《り》に運ばれるはずはなかった。

やがて、夫に知られるときがきた。

それが、間もなく師走を迎えるという、つい十日前である。

久子にも、中山にも、弁解のことばなど、何一つ用意されているわけはなかった。

いや、百のことばが準備されていたとしても、夫は聞く耳を持たなかっただろう。

久子と中山は、何も整理できないまま旅に出た。

目的を持たない「逃亡の旅」である。

そして、十二月に入った今日までの十日間、旅から旅へと落ち着かない日日が流れた。

熱海《あたみ》に始まり、白浜《しらはま》、有馬《ありま》など温泉地を転々としてやって来た北陸であった。

久子は、いったんは、実家の両親に泣きつこうと思った。

それで三日前、生家の直江津へ向かうつもりで金沢に投宿したわけであるが、中山が片時も離れないために、両親とは電話連絡一つとることができなかった。

しかし、その中山も、いまは東京へ向かうボーイング737機の中だ。

そして久子は、

(何を措《お》いても、直江津へ行くべきだ)

と、そう考えて、下り特急〃白鳥〃に飛び乗ったのだ。

「でも、家族に相談を持ちかけても、解決のつく問題ではないかもしれない」

いけないのはあたしなのだ、と、久子は声に出してつぶやく。

久子は憑《つ》かれたように、車窓の外に目を向けている。

しかし、その視線は、最早、沿線の風景など捉えてはいなかった。

晴れていた日本海は、はるか沖合から、曇ってきたようだ。

3

人間は、だれでも、その内面に狂気といったものを潜《ひそ》ませているのに違いない。

そして、中山の中の歪《ゆが》んだ渦を表面に引き出したのが、久子のセックスに他ならなかった。

三日前のあの日、中山と久子が金沢駅で下りたのは、夕方だった。

途中の大聖寺《だいしようじ》とか加賀《かが》温泉辺《あた》りとは異《こと》なり、金沢の市街地に積雪は見られなかったけれども、暗い空から、絶え間なく、小雪がぱらついてくる。

北国は夜の訪れが早かった。

二人は、構内案内所の紹介で、香林坊のシティーホテルをとったのであるが、その夜のうちに、久子が実家に連絡をつけると言い出したことで、諍《いさか》いが生じたのだった。

『いつまで、ばかなこと言ってるんだ。小娘じゃあるまいし、親に泣きついたって始まらない』

中山は、靴を履《は》いたままの足をテーブルの上に投げ出して、唾《つば》でも吐き捨てるような言い方をした。

『こうなったら、離婚しかないだろう。それとも、旦那との縒《よ》りを戻したくて、それで実家の両親に頼みに行くというのか』

『あんたって、どうして、そんな言い方しかできないの』

『ここまできて、オレを捨てようたって、そうはいかないぜ、こうなったら、オレはどこまでも、おまえと一緒さ』

中山は、口の利《き》き方からして、十日前とは違っていた。

両の目は変に血走っているし、とても、まともなホワイトカラーのようには見えない。

アルコールを、飲み過ぎていたのも事実だった。

中山は金沢へ到着するまでの、L特急〝雷鳥29号〟の車内でも、ずっとウイスキーを手離さなかったし、ホテルにチェックインするとすぐに、ブランデーをボトルごと、ツインルームに運ばせている。

中山は、そのブランデーをグラスに傾けながら、乱れたことばをつづけた。

『オレたちは、もう落ちるところまで、落ちたのさ。実家に駆け込んで、くだらない工作をしたところで、どうなるわけじゃないぞ』

『じゃ、何で、北陸へ来たのよ』

『おまえと一緒なら、どこだってよかったんだ』

中山は、立てつづけに、ブランデーをあおった。

がっしりした体軀《たいく》に似合わない気弱というか、思い詰める一面があった。

久子の夫であり、中山にとっては大学の先輩に当たる社長からこっぴどく叱りつけられたとき、持ち前の性癖が表面に出た。

『どうにでもなれ！』

どうにもならない苛立《いらだ》ちが、そんなふうに変化して、中山の口を衝《つ》いた。

久子と誘い合って旅へ出たのが、その翌日である。

久子も中山も、銀行のキャッシュカードを携帯しての逃避行だ。

今回の「家出」に関して、久子にすれば、しばらく冷却期間を置きたいとする考えが心の片隅にあったけれど、中山は違う。

東京を後にした、そのときから、「死」が明確に意識されていたわけではないが、中山は、二度と旅から戻ることはないだろう、と、遠いところで考えてきたのだ。

二人で、新しい土地で生活をやり直そうというのではなかった。

中山は、前向きの意欲をすっかり奪われており、そんな自分を、久子が拒否し始めているのを、旅の途中から本能的に感じるようになっていた。

だから、なおのこと、実家を訪ねるという久子に反対したのに違いなかった。

香林坊のホテルのロビーで、一騒動あったのが、この直後である。

結局、その場は、フロントマネージャーの仲裁で一応収まったわけだが、その夜の中山は、かつてないほどに執拗《しつよう》だった。

(ここで久子がホテルを出て行ったら、永久に別れ別れになってしまう)

それだけが、中山の念頭にあり、それが歪んだ愛撫へと変化した。

中山はツインルームへ引き上げると、訪問着のままの久子を抱き締め、乱暴な仕種《しぐさ》でその裾《すそ》を割った。

間接照明の中で、白い肌があらわになると、中山はむき出しにされた女体を、ベッドへ運んだ。

『オレたち、もう東京へ帰るわけにはいかないんだ。オレと一緒に死んでくれ』

久子の恥ずかしい部分に顔を埋めながら、思わず、酔った吐息に交じって本音が出た。

『オレの生活は、もう滅茶滅茶だ。おまえだって同じことだろう。オレたち、どうせ、まともな形で結ばれるわけはないんだ』

『分かったわ』

久子は、自分の体を中山の自由にさせながら、乾き切った声で言った。

同意したわけではなかった。

ここで反対したら、中山はこの場で死を選ぼうとするかもしれない、と、そう思って、それで折れて出たのに過ぎない。

（このひとは、こんな男性だったのか。これが彼の実体なのか）

久子は耐《た》えられなくなってきた。

夫への背信はひとまず措くとしても、さらに中山から離れていく自分の心を感じた。

だが、酔い過ぎている中山は、久子の返事を、そのとおりに受け取ったようである。

口調が、少し和《やわ》らいできた。

『久子、しかしオレはね、ありきたりな死に方はしないぜ。最期に、世間のやつらを、あっと言わせてやる』

と、そのとき中山の口にしたのが、旅客機を爆破させるという思いつきだった。

『飛行機を爆破する？』

『いいじゃないか。一度きりの人生の最期なのだからな』

その場の思いつきには、当然なことに、論理も何もありはしない。

『じゃ、決まったな』

中山はかすれた笑いを浮かべ、久子の下のものを取った。

そして、この半年間に久子が教えてきたとおりの順序で、長い指を滑《すべ》り込ませてきた。

久子が何度甲高《かんだか》い声を発しても、中山は指の動きを止めなかった。

一流ホテルの一室は、完全なる密室と化している。

着物をつけたままの久子に恥ずかしい姿勢をとらせたのは、それからどのくらいが過ぎるときであったか。

『どうせ、オレたちは死ぬんだ』

中山は一つのつぶやきだけを繰り返しながら、久子を抱く腕に力を込めた。

その狂いに狂った愛撫に、久子は克《か》てなかった。

『あたしはもう駄目。駄目なのよ』

久子が途切れ途切れに漏らしたことばには、二つの意味があった。

一つは、どうにもならないところへ追い詰められた絶望感を改めて意識したことであり、一つは、こんな精神状態でも反応を示す自分の肉体が耐えられなかったのである。

しかし、中山は、久子の喘《あえ》ぐようなつぶやきから、セックスの反応しか感じ取ることができなかった。

だから中山は、そんなときいつもそうしてきたように、執拗に、柔らかい肌を責めつづけたのだった。

そういう男であった。

4

ボーイング737機は、安定した飛行をつづけている。

時折、小さい冬の雲が、眼下を流れる。

しかし、飛行機の安定感とは裏腹に、中山の心は激しく揺れつづけており、それが、陰湿な目の光に集中されている。

その中山と視線を合わせて、びっくりしたように顔を避けたのは、さっきの今井一人ではなかった。

トイレに立った乗客たちは、それぞれが、恐ろしいものから逃れるようにして、中山の傍《そば》を通り抜けて行く。

だが、たしかに、中山自身は、特定のだれかを睨みつけていたわけではなかったのである。

（畜生！　久子のやつ、やっぱり裏切りやがった！）

中山は、大事そうに足元に置いた紙袋を靴の先で小突きながら、次第に高まってくる焦燥だけを感じている。

ビニール袋と二重になっている、みやげ物用の大きい紙袋だった。

その、みやげ物用の大きい袋には、ブランデーのボトルが三本入っているが、ボトルの中味はブランデーではなかった。

中味は、JR富山駅近くのスタンドで買い求めた、ガソリンだった。

(この袋をこのままぶら下げて、羽田に下りろというのか)

何で、オレが、東京へ戻る必要があるのか、と、中山は分厚い下唇をかみ締める。

中山は、幼いときに、次々と両親を失っていた。

父親は交通事故、母親は、夫に先立たれた心労がたたっての急性心不全で、幼かった中山を残して世を去った。

中山は、以来、荒川《あらかわ》に住む伯父の手で育てられてきた。

高校も大学も、アルバイトをしての通学だった。

伯父は、一応中山の面倒を見てくれたが、伯母はヒステリックで、冷たい女だった。

中山は、どうしても、この伯母になじめなかった。

大学の途中で伯父の家を出ると、そのまま、荒川への足は遠のいている。

そんな中山にとって、ただ一人、心を打ち明けられる相手が、大学の先輩に当たる久子の夫であったわけだが、ここまで追い詰められては、もうだれにすがることもできない。

（久子までが、オレから離れて行ってしまったんだ。はっきり、オレと一緒に死ぬと誓ったくせに、とどのつまり、オレを浮気の相手としか見ていなかったのか）

中山はラークをくわえたものの、しばらくは火を点《つ》けようともせずに、窓の下に目を向けていた。

依然として、睨みつけるような眼差しだった。

山間《やまあい》の盆地に、どこか知らない、小さな町が見えている。

そして、瞬《また》く間にそこを過ぎると、川があった。

上から見下ろす光景は、まさに箱庭といった感じである。

それは、中山の精神状態を別にすれば、平穏そのものの眺めと言えた。

しかし、（北陸本線の下り特急〝白鳥〟に揺られている久子と同じことで）中山もまた、眼下の風景に見とれる余裕など、あるわけもなかった。

事前の万一の「発覚」を警戒して、二人別別に東京行きの、この便の予約を取ったときにも、久子は、中山の計画に同意する態度を見せていたはずである。

航空券を求めたのは昨夜のことであり、昨夜の二人は、富山市内のビジネスホテルにチェックインした。

金沢から、富山へ移動して来たのは、久子の希望を聞いてのことだった。

富山のほうが、久子の生家がある直江津に近い。

しかし、それはただそれだけのことで、久子も、結局は直江津行きを断念したはずであった、と、中山は信じていた。

今朝、二人そろってガソリンスタンドに行き、ポリ容器でガソリンを買ったときでさえ、久子の表情に、ためらいは感じられなかったのである。

うっかり、ガス欠になってしまったので、乗用車を置いて、ガソリンを調達に来たという口実だった。

そのポリ容器のガソリンを、ひそかにブランデーボトルに詰め替えるときにしても、久子は黙って協力していたのだ。

『ねえ、一つだけお願いがあるのだけど』

久子がそう切り出したのは、新富町《しんとみちょう》のコンビニエンス・ストアで果物ナイフを買った直後である。

『弥生町《やよいちょう》の市営アパートに、高校時代のクラスメートがいるのよ。ちょっと会って来てはいけないかしら』

弥生町は、富山地鉄本線沿いだという。

市営アパートにクラスメートが結婚して居住しているのは事実だが、「会って来たい」というのは、中山から逃れるための、久子の咄嗟《とっさ》の口実だった。

だが、一つの「目的」だけを思い詰める中山にはそのうそが見抜けなかったし、これで最期だと考えれば、それをさえ反対するわけにはいかなかった。

『空港へ行くまで、それほど時間はないんだぜ』

中山は渋渋と応じた。

空港へ行く連絡バスはJR富山駅前から出ており、所要時間は二十分。

久子と中山はいったん富山駅まで行き、駅前に『みもざ』という喫茶店を見つけると、そこを落ち合い場所にして、久子はタクシーを拾った。

しかし、タクシーは弥生町の市営アパートには向かわなかった。

久子はタクシーが動き出してから、行き先を富山空港に変更したのだった。

出発ロビーに先着した久子は慎重に腕時計を見ながら、待った。

そして、飛行機の出発時刻と、駅前からの所要時間を見計らって、待ち合わせの喫茶店『みもざ』に電話を入れた。

『ごめんなさい。つい話し込んでしまって、時間がなくなってきたわ』

『何をしてたんだ！』

中山は、それでなくとも、いらいらしていた。

『悪いけど、空港へは別別に行くことにするわ。あんた、そこからすぐにタクシーをとばしてちょうだい。あたしは友だちの車で送ってもらう。そして、空港に着き次第、先に飛行機へ乗り込んでいるわ』

『それなら、ゲートで待っていればいい。すぐに行く』

『だって、友だちが、最後まで見送ると言ってきかないのよ。あんたって連れがいることを勘づかれたら困るわ。あたし、先に機内に入っている。いいわね』

電話は、計画どおり、一方的に切られた。

中山を乗せたタクシーが富山空港に到着したのは、搭乗手続き締め切りの案内放送が流れているころだった。

中山は急いだ。

ハイジャック防止のボディーチェックの結果、果物ナイフの機内持ち込みは、当然不可能だったが、三本の「ブランデー」は、すんなりゲートを通ることができた。

中山は大きい紙袋を大事そうに手にして、小走りに急いだ。

その自分の後ろ姿を、出発ロビーの柱の陰から、久子がじっと見詰めていたことなど、中山が気づくわけもなかった。

中山が最後の搭乗客だった。

中山が機内に入るのを待っていたようにタラップが外され、ドアは閉められた。

中山は、素早く、女性客を見回したが、久子の姿がなかった。

先に搭乗しているはずの久子のほうでは、遅れて来た中山に注意して、軽く手ぐらい上げてこなければならないのに、それがなかった。

（久子は乗っていないのか！）

かっと、頭に血が上ってきた。

中山は乗客たちの一人一人を目で追いながら、最後部まで来たが、久子の姿はない。

（畜生！）

久子を乗せたという旧クラスメートの乗用車に事故があったのかもしれない、などとは最初から考えなかった。

怒りだけが、中山の乱れに輪をかける。

しかし、飛行機を降りるわけにはいかなかった。

ドアは固く閉ざされ、すでに、エンジンは始動されているのだ。

『ベルトをお締めください』

スチュワーデスは、戸惑っている中山に決断を与えるよう、着席を命じた。

（ふん、浮気な人妻には、死ぬこともできないというのか）

だが、オレは違うぞ、と中山はある一点を睨みつけたままつぶやく。

ボーイング737機は予定どおりの飛行をつづけ、東京に接近し、房総《ぼうそう》半島の上空に差しかかっていた。

5

東京湾が眼下に見えてくると、ボーイング737機は、いよいよ着陸態勢に移った。

房総半島の上空で、高度を三〇〇〇メートルから一二〇〇メートルまで下げるのである。

ベルト着用のサインがついた。

(ああ、何事も起こらなくてよかった)

今井は、中山と視線を合わせて以来、漠然とした緊張感に見舞われていたが、小太りな上半身を折るようにして、ひざの上のバッグに手をかけた。

当の中山が、ふらふらと席を立ったのが、そのときである。

(オレの人生は終わった)

中山は虚《うつ》ろな目でつぶやき、

(久子が拒否するなら、オレはこの飛行機と心中してやる!)

自らに吐き捨てるように口走り、紙袋を抱えてトイレに入った。

そして、一面にガソリンをまくと、ライターを取り出していた。

百人近い乗客のことなど、念頭にあるわけもなかった。

完全に、精神錯乱の状態だった。

中山はライターで火を点けると、

「飛行機が着陸したって、オレにはもう帰るところなんかないんだ！」

わめくように叫びながら、トイレを出た。

その中山を追うようにして、トイレから流れ出た白い煙が、後部座席に立ち込める。

「何だ、あれは？」

今井は蒼くなった。

スチュワーデスは操縦席に緊急連絡をし、男性パーサーが、消火器を持って後尾に走った。

副操縦士も後を追った。

乗客たちの騒ぎをよそに、幸い、火はすぐに消し止めることができた。

しかし、その騒動をかいくぐるようにして、中山が、飛び出して来た副操縦士と入れ違いに、操縦席に躍《おど》り込んでいた。

そのために買い求めた果物ナイフは、羽田到着まで押収されているが、中山の手元にはブランデーの空き瓶が残っている。

中山は空《から》になったボトルを握り締めて、怒鳴った。

「畜生！」

中山はそれ以外にことばを知らないかのように、甲高い声を連発して、ブランデーのボトルを、副操縦士の座席で叩き割った。

そうして、ぎざぎざに欠けたボトルを、機長の顔面に突きつけたのだ。

「何をするんです」

機長は、冷静だった。

「オレと一緒に死んでもらう」

中山は一転して、操縦桿《かん》を持つ手を「攻撃目標」とし、

「このまま、飛行機を東京湾へ突っ込んでもらおうか」

ぐさっ！　と、ぎざぎざに割れたボトルを機長の右手に突き立てたのである。

見る間に、血が噴《ふ》き出してきた。

「ばかなことをするな。私が死ねば、乗客全員が死ぬんだぞ！」

「それでいいんだよ。そうしてくれとお願いしているんだ」

中山が力を込めると、さらに出血が激しくなり、機長の右手から力が抜ける。

機長は、それでも中山を制止しながら、必死に、操縦桿を両脚で挟んだ。

たとえ自分が傷ついても、乗客の安全を図らなければならないとする、責任感が先に立っている。

だが、機首は、ぐんぐんと不安定に降下して行く。

こうなると、中山は、自分が死を選ぶことの理由が何であるのか、そんなことはどうでもよくなっていたようである。

貧しい生い立ちも、人妻との情事も、すでに考えになかった。

「オレは心中するんだ。彼女と二人で死ぬために、この飛行機に乗った」

中山はことばにならないことばをつづけながら、機長の自由を奪おうとする。

機長には、それがとてつもなく長い時間に感じられた。

が、実際には、二分か、せいぜい三分ぐらいのことであっただろう。

「おい、何をしているんだ！」

パーサーと、若い男性客が、機長を助けに飛び込んで来たのは、高度が一〇〇〇メートルを割ろうとしたときである。

信じられないほどの速度で、水面がすぐそこに接近している。

機長は懸命に、操縦桿を両脚で挟みつづけている。

この機長の努力がなければ、いや、救出が後一分遅れていたら、惨事は絶対に免《まぬが》れなかっただろう。

（もう何も彼《か》も終わりだ）

パーサーや乗客たちに取り押さえられた中山は、力ないつぶやきを残すと、ぎざぎざに割れたボトルを機長の右手から引き抜き、返す力で、それを自分の左胸に突き立てていた。

ボーイング７３７機は、定刻より十分遅れただけの十三時五十五分に、羽田空港０番スポットに滑り込んだ。

緊急連絡のハイジャック信号を受けた地上には、空港署員が万全の態勢を敷いていたが、幕切れはあっけなかった。

中山は法の裁《さば》きを受けることもなく、自らの手で、すでに絶命していたのである。

(全く、とんでもない奴と乗り合わせたものだ)

と、つぶやく今井は、到着ロビーに戻っても、まだ口元をふるわせたままだった。

一方、久子は、その夜、直江津の実家でこのニュースを知った。

所持していた運転免許証などから「ハイジャック犯人」の氏名はすぐに判明したが、犯行の動機はまだはっきりしていない、と、テレビは報じていた。

(あのひとは、やっぱり、実行してしまったのか)

久子はテレビの画面を見詰めて、そっと両の掌を握った。

(でも、間違っていたのは、彼だけではないんだわ)

と、自分のことを考えた。

十日間、中山とあてのない旅をつづけているうちに、夫は、一方的に離婚の手続きを進め、(久子からの連絡があり次第押印するように、と)関係書類一切《いっさい》を直江津の実家に郵送済みだった。

久子が「郵送」を知ったのは、夕方生家に戻ったときであったが、両親は乱れた久子をかばってか、今夜は「離婚」には触れなかった。

一緒に居間でテレビのニュースを見ていた久子が、はっとして顔色を変えたときも、両親は何とも言わなかった。

父も母も、当然、中山克彦という男の名前を、夫から聞かされていたに違いないのに、ニュースが終えると、黙ってテレビを消しただけである。

午後の空は晴れていたが、夜の直江津港は小雪になった。

久子は疲れ過ぎている。

（あたしも、警察へ呼ばれることになるのかしら）

久子は遠くに目をやって、それを考えた。

なぜか、一人死んでいった中山を思う感情は稀薄だった。

小杉健治

遠い約束

著者・小杉健治《こすぎけんじ》
一九四七年、東京生まれ。オール讀物推理小説新人賞受賞作『原島弁護士の処置』でデビュー。緻密な構成に基づくミステリーに定評がある。八八年『絆』で日本推理作家協会賞を、九〇年『土俵を走る殺意』で吉川英治文学新人賞を受賞。著書に『落伍せし者』など、多数。

1

簞笥《たんす》の引出しの奥にあったものを見つけて、遙《はるか》は目を見張った。残高が一千五百万近くある母名義の通帳だった。ほぼ毎月、十万とか九万だとかの金が振り込まれている。引き出した跡《あと》はない。通帳の一番最初を見ると、五年前だが、繰越しの残高は九百万、つまり、もっと以前から続いているのだ。振込人の名はシマネカツコ。

これだけの金があれば、もう少し生活にゆとりを持つことが出来たのに……。なぜ、母はこの金を使おうとせず、そればかりか、このことを隠してきたのか、と遙は不審に思った。

遙を女手一つで育て上げた母に、男の影はなかった。しかし、これだけのお金を振り込む人間となると……。果たして、シマネカツコとは本名なのか。

母だってまだ四十半ばだ。好きなひとがいるなら再婚してもいいのではないか。遙を育てるために一時は水商売までしてきたことを知っている。遙は来年三月に結婚式を挙《あ》げることになっているのだ。もう、母は自分の人生を歩んでもいい。

通帳を眺めて考え込んでいると、玄関に母の声が聞こえ、あわてて通帳を戻し、引出しを閉めた。

母は帰ってくると、まず何はさておき仏壇の父の写真に向かって手を合わせる。しかし、そのとき、怒りともつかない、奇妙な表情をするのだ。そんな母を、遙はいつも不思議に思っている。

「どうしたの、そんな顔をして?」

いきなり、母が顔を向けた。細面《ほそおもて》で色白の顔は美しいと思った。化粧をすれば、もっと若々しくなるにちがいない。そう思ったとき、遙は決心がついていた。

引出しから通帳を取り出し、

「母さん、これ何?」

と、つきつけた。急に落ち着きを失った母の反応に、かえって遙のほうがあわてたほどだった。

「いつか話をしようと思っていたんだけど」

母は秘密を覗かれたような暗い表情で呟《つぶや》いた。

「じゃあ、今話してくれるわね」

遙は迫る。母は一瞬体を引いた。まだ踏ん切りがつかないのだろう。遙の厳しい視線を避けるように、目を畳に落としている。

「このシマネカツコってどういうひと? 島根《しまね》なら父と同姓だけど、親戚にはカツコという女性はいないわよね」

母は頷《うなず》く。

「これは偽名だわ。母さんの好きなひとなのね」

先回りして、遙は言った。母は顔を上げ、

「ちがうの。私も知らないひとよ」

「何言っているの。知らないひとがどうしてこんなことをするのよ」

この期《ご》に及んでもしらを切ろうとする母に、遙は呆れ返った。

「ほんとうなのよ。ただ、想像はつくけど」

驚きの目で見つめる遙に、母は強張《こわば》った表情で、

「お父さんの知り合いかも」

と、息を詰めたように言うのだった。

「どうして？」

父は十五年前に殺人容疑で逮捕され、裁判途中で病死した。父は終始殺人容疑を否認し続けたが、判決を聞く機会もなく倒れたのだった。クモ膜下だった。心身にのしかかった重圧が父の寿命を縮《ちぢ》めたのかもしれない。

父は被害者の妻と不倫関係にあったらしい。確か、沢子《さわこ》という名のホステスだったことを覚えている。父との関係を夫に知られた沢子は殴る蹴るの乱暴を受けた。思い余った沢子は父に相談した。父は離婚するように勧《すす》め、沢子も乱暴者で怠《なま》け者の亭主と別れようとした。が、被害者は応じるどころか、暴力を振るった。それで、父が直談判するために被害者の家に行くと、被害者が酒を呑んで酔い潰《つぶ》れていた。その姿を見て、父は殺意を抱いた、というものであった。

事件のあったとき、沢子は勤めているバーにいたというアリバイがあり、父の単独犯行ということになったのだという。

被害者は元暴力団組員で、覚醒剤をやって何度か警察にやっかいになっているような男だったのだ。

父の死後、母は旧姓に戻り、しばらく実家に帰っていたが、遥が中学生になって、東京に出て来たのだった。

「父さんの友人の誰かじゃないかと。残された私たちのことを気にかけて」

「じゃあ、どうしてほんとうの名を名乗らないの？」

「私たちに負担をかけたくなかったんじゃないかしら。あくまでも、陰で支えようとしてくれたんだと……」

母の声は尻すぼみのように小さくなった。

「もしかして、高山《たかやま》さんが……」

父の友人の中で、いまだに付き合いがあるのは、学生時代からの友人である高山幸生《ゆきお》だけだった。

「違うわ。高山さんだったら、隠れてこんな真似《まね》をするはずないでしょう。いろいろ、相談に乗ってくれてたんですもの。私たちの知らないひとだと思うわ。だって、以前に銀行の顔見知りのひとに頼んで振込場所を調べてもらったら、新潟からだと言っていたもの」

「新潟？」

「新潟には知り合いはいないわ」

「この話、高山さんにしたことはあるの？」

「えっ、ええ……。もう何年も前のことよ。でも、心当たりはないということだったわ」

「そう……」

遥は頭の中を整理するように虚空に目を向けた。たまにひと月抜けていることもあったが、律《り》儀《ぎ》に十三年間も仕送りを続けている。この金額をみると、送り主はそれほど金銭的に余裕があるようには思えない。逆にいえば、余裕のない生活の中から仕送りを続けてきているのだ。

だが、その仕送りが今年の六月で途絶えている。ある目的を果たしたので打ち切ったということかもしれない。遥は六月に西原年久《にしはらとしひさ》からプロポーズされた。そういうことを知って、仕送りをやめたのかもしれない。しかし、仕送り主と遥の家族とを結びつけていた線が途切れたことが、何となく気になるのだった。

「どうするつもり？」

遥はきいた。

「どうするって？」

母は戸惑いぎみにきき返す。

「このお金よ。ずっと、このままにしておくつもり。それとも、使うの？」

母は一瞬迷ったような表情をしたあとで、

「このお金は、誰だか知らないけど、お父さんに世話になったことのあるひとが、お父さんに代わって仕送りを続けてきたんだと思うの。だったら、役に立つことで使うほうが、そのひとの気持ちを汲《く》んであげることになるでしょう」

「お父さんに世話になったひとって誰のこと？」

遙がきき返すと、母はあわてたように、

「たとえばの話よ」

そう言って、それ以上の追及をそらすように、母は真顔《まがお》になって、

「あなたの結婚費用に充《あ》てようと思うの。いくら、西原さんは何もいらないと言ってくれても、向こうのご両親の手前もあるでしょう。それなりの支度をしないと」

おそらく、これまでにも何度もこの通帳の金に手をつけたくなるときがあったのだろう。それを踏ん張り、母は頑張ってきた。それが、遙の結婚費用という名目にしろ、今になって使うと言いだす母の気持ちが理解出来なかった。

「でも……」

遙はためらった。送り主のわからないお金に手を出すことが憚《はばか》られたのだ。けっして、余裕のある生活をしている人間ではないように思える。そのことを考えても、その金を使うことに消極的にならざるを得ないのだった。

2

翌日の昼間、遥は大手町《おおてまち》にある東田高圧《ひがしだこうあつ》に高山幸生を訪《たず》ねた。電話で連絡してあったので、高山は近くのホテルのレストランに予約をとっておいてくれた。東田高圧の入っているビルからホテルまで五分たらずで着いた。

テーブルにつくと、高山はボーイにメニューを見せて、コースを頼んだ。そして、遥を見て、

「ビールでも飲みましょうか、それともワイン？」

「じゃあ、ビールを」

遥は答えた。

「会社は？」

ビールを注いでから、グラスを掲《かか》げるような仕種をしてから、高山がきいた。

「先月で」

来年三月の挙式を控えて、遥はＯＬ生活から足を洗ったのだ。

「そう。じゃあ、いよいよ式を待つだけになったね」

高山は目を細め、窓の外に見える皇居に顔を向けた。が、それは目にきらりと光るものを隠すためのようだった。それを見て、遥も目頭を熱くした。結婚の決まったことを報告したとき、高

山は同じように涙ぐみ、島根が生きていたら、と呟いたのだ。今も、高山は父のことを思ったのかもしれない。スープが運ばれてきて、高山は顔を戻した。

「さあ、いただきましょう」

「はい」

遙はスプーンを手にした。

例の件を切り出せないまま食事は進み、とうとう食後のコーヒーが運ばれてきた。そこで、やっと思い切って口に出した。

「母からきいたことがあると思いますが、父の死んだあと、ずっと仕送りを続けてくれているひとが……」

「えっ？　仕送り？」

高山が意外そうな顔をしたので、遙のほうが戸惑った。

「仕送りとは、どういうことなんだね」

高山がきいた。遙は事情を説明した。

「いったい、誰がそんな真似を……」

聞きおわってから、高山は眉を寄せた。殺人の容疑を受けたまま死んだ父から、ほとんどの友人は去って行った。その中に、仕送りの人間がいるとは思えない。

高山も心当たりはないと答えた。

「でも、ここは素直にそのお金を使わさせていただいていいのかもしれないよ。そのひとは、君たちのために仕送りしてきたんだからね。それが役に立ったと思えば、きっと喜ぶと思う」

「でも、一言、その方にお礼を言いたいと思って」

「うむ。探すのは難しいだろうね。あっさり見つかるものなら、とうに名乗り出ているんじゃないかな。でも、きっと遠くで見守っているはずだから」

高山はなぐさめるように言うが、遙は何か気持ちがひっかかってならなかった。高山には話したことがあると嘘をついた母の奇妙な態度から、遙はある想像をした。母はその送り主が誰だか知っている。そんな気がしてならなかった。


渋谷《しぶや》駅を下りて、軽い足取りで公園《こうえん》通りにある喫茶店の階段を上がった。夜は居酒屋になる店で壁にはボトル棚がある。その前にあるテーブルに、いつになく早く、西原が来て、たばこをくわえていた。

「早かったのね」

コートを横の椅子に置き、遙は前の席に腰を下ろした。育ちのよさそうな端整な顔立ちの西原はいつものように白い歯を見せたが、どこかぎこちなかった。遙は少し眉を寄せ、

「顔色、よくないわ。風邪でも引いたんじゃゃ？」

と、心配した。

「大丈夫だ」

でも、と言い返そうとしたとき、ウエートレスがやってきたので、西原から目を離し、レモンティーを頼んだ。

きょうの西原は何となく表情が硬《かた》い。こんな西原を見るのははじめてだった。

「何か変よ。やっぱり熱でもあるんじゃない」

そう言って手を伸ばし、西原の額《ひたい》に当てようとすると、彼はいやがるように顔を背《そむ》けた。そういう態度もいつにないことだった。

彼は新たなたばこを取り出し、いらついたように吸いはじめた。灰皿を見ると、折れた吸殻が四本捨ててあった。

「そんなに吸って」

その声は突然の嬌声にかき消された。入口を見ると、黄色や茶色に髪を染めた若い男女が数人現われた。

「出ないか」

まだ長いたばこを灰皿に捨てて西原は返事もきかずに立ち上がった。呆気《あっけ》にとられたが、遥はあわててコートをつかんであとを追った。

きょうの西原は不機嫌だった。会社で何かいやなことでもあったのだろうか。それとも他に……。微《かす》かな不安が遥の胸に針を当てたような痛みを走らせた。

西原はさっさと代々木《よよぎ》公園のほうに向かった。ひとの合間を縫って行くが、西原と離れがちになる。が、彼は一度も振り返ろうとしない。遙は小走りで追いつき、

「ねえ、いったいどうしたというの」

と、彼の腕をとった。が、無言のまま、目を遠くに見据《す》えている。遙は諦めて手を離した。すると、ようやく西原が顔を向けた。

「向こうへ行こう」

そう言うと、またもやさっさと歩き出した。一呼吸遅れて、遙はあとに従った。

寒い夜でも、アベックの姿が見えた。西原はひとのいない場所で立ち止まってから、

「ききたいことがあるんだ」

と、怒ったような声を出した。

「何?」

遙は不安そうに長身の西原の顔を見上げた。一瞬、気後れがしたように目を背けたが、西原はすぐ憤然となって、

「君のお父さん、何で死んだんだ?」

いきなり、父のことを持ち出されて、遙は困惑した。

「クモ膜下よ。前にも話したと思うけど」

「どこで?」

「えっ？」

「どこで死んだんだ？」

ようやく、西原の質問の意味を察して、遙は息を呑んだ。呆然と西原の顔を見るだけで、声が出なかった。

「言えないところか。知らなかったよ」

西原が吐き捨てた。

「知らなかった？　何を？」

やっと、遙は口を開いた。

「拘置所で死んだそうじゃないか。殺人犯だったそうだな」

一瞬にして、遙は目が眩《くら》んだ。

「あの当時の新聞記事を見せてもらったよ。君はお母さんの旧姓を使っているけど、君の父親は島根というんだろう。ちゃんと君の父親が殺人容疑で逮捕されたことが載《の》っていたよ」

体の芯《しん》まで冷えてきた。しかし、顔だけが熱風を吹きつけられたように熱い。そのためか思考力が鈍った。車のヘッドライトの明かりがときおり厳しく歪《ゆが》んだ西原の顔を浮かび上がらせた。光線の加減でみるせいかもしれないが、西原はこのような醜い表情をしていたのか、と遙は愕然とした。心の中がそのまま顔に出ているのだ。そう思ったとき、遙は開き直った。

「どうして、今頃、そんなことを？」

声が震えたのは寒さのせいか、興奮のせいかわからない。

「親父が、三木《みき》製造の社長から聞いたんだ。三木製造に君のお父さんは勤めていたんだってね。そこの社長とうちの親父は、ある政治家のパーティでいっしょになった。そのとき、そんな話が出たそうだ。それで、親父は驚いて俺に知らせてきたんだ」

「だから？」

「何？」

「だから、どうだって言うの？　父は裁判の途中で死んだわ。犯人だと決まったわけじゃないのよ。父はやっていないって言っていたんですもの。父の無実を信じてもらおうとは思わないわ。だって、仮に父が犯人だったとしても、父と私は別よ」

「ああ。でも、子どもが出来たらどうなるんだ？」

「子ども？」

「子どもにとっちゃ、おじいさんは殺人犯ということになる」

遙は無意識のうちに手が出ていた。それが西原の頰にまともに当たり鈍い音がした。頰をさすりながら、西原は泣きそうな表情で、

「どうしていいかわからないんだ」

と、呟いた。情《なさけ》ない西原を見て、遙は幻滅を覚えた。

「あなたのご両親は結婚をやめろと言っているのね」

遙は冷たく言った。西原は目を伏せた。

いきなり、遙は身を翻《ひるがえ》し、西原を残してさっさと歩き出した。ネオンがにじんで見えた。追ってくると思ったが、背後から足音は聞こえて来なかった。

父の事件がこのような形で自分に影響を及ぼしてくるとは予想もしていなかったので、遙はやり場のない怒りに胸をかきむしった。今度の結婚を、あんなに喜んでくれた高山に何と説明したらいいのか。それより、母の嘆きを思い、急に涙が込み上げてきた。

3

バスが走り去ってから、遙は歩き出した。潮《しお》の香りがしてくる。茨城県の東部にある町だった。商店街を抜けて、高台の地域に入った。途中、買物袋を下げた婦人に道を訊《たず》ね、ようやく目的の家の前に辿《たど》り着いたのだった。

表札に石村公三郎《いしむらこうざぶろう》とある。十四年前、父の国選弁護人だったひとだ。遙は石村のことを高山から聞いたのである。当時、高山も証人として父のために法廷に立ってくれたのだ。

チャイムを鳴らすと、石村夫人が出てきて、遙を居間に通してくれた。十二月に入ったが、暖かい陽気で、太陽の光が庭から座敷に燦々《さんさん》と当たっていた。

小柄な男性が入ってきた。石村公三郎である。白髪が目立つが髪の毛は豊かで、顔の肌艶もよい。まだ、充分に現役で弁護士を続けられるのではないかと思うほどで、とうてい七十半ばには思えなかった。

　東京にある法律事務所は息子が跡を継いでいる。その事務所で、石村公三郎の自宅を教えてもらったのである。

　石村は遙の顔をじっと見つめてから、

「あのときのお嬢さんですか」

と、感慨深そうに呟いた。

「そうですか。もう、そんなになりますか」

　二十五歳になると答えると、改めて歳月を思い出したのだろう、石村は目を細めた。紅茶にケーキを添えて出してくれた夫人が去ったあと、遙はさっそく用件を切り出した。

「父の死後、母宛てに毎月今年の六月までお金を振り込んでくれたひとがいるんです。おそらく、父の知り合いのひとだったのではないかと思うのですが、何か心当たりはありませんでしょうか」

「お金を……」

　石村の表情が変わったので、遙は緊張した。何かを知っているのかもしれないという期待が膨《ふく》らんだ。

　石村は腕組みをし、目を天井に向けた。記憶をまさぐっているのだろう。固唾《かたず》をのんで、遙は石村を見つめた。しばらく経って、石村は腕組みを解いた。

「じつは、あの当時、島根さんは妙なことを言っていたんです」

「妙なこと？」

「何か隠しているようなことがあるので、私が何でも話してくれないと弁護が出来ないとたしなめたことがある。すると、島根さんは、もう少し待ってください。そうすれば何もかもはっきりしますから、と言うだけでした」

「もう少し待って……と？　何を待つんでしょうか」

「さあ、しつこくきいても、そのことになると口を貝のように閉ざしてしまいました。でも、こう言っていました。私が辛抱《しんぼう》すればいいんですと」

父は何かを待っていた。いったい、何を待っていたのか。

「先生は、どのように判断されたのでしょうか」

「無実なのに、自ら無実を証明しようという熱意に欠けていたようなんです。誰かを庇《かば》っている。私はそう思っていました。でも、そのことを問うても、島根さんは否定するだけでした」

遙は思い切って自分の想像を口に出した。

「被害者の奥さんを、庇って？」

石村は首を横に振り、

「島根さんは、そのことを強く否定していました。それに、彼女にはアリバイがありました。もし、島根さんが無実なら犯人は別にいたことになる」

「でも、そのアリバイはちゃんとしたものだったんですか。被害者は悪い人間だし、みな沢子という女性に同情的だったんでしょう。だったら、彼女のために嘘をつくこともありえるんじゃないですか」

　父は誰かを庇っていた可能性がある。その相手とは沢子以外に考えられない。すなわち、母に仕送りを続けている人間こそ真犯人であり、父への贖罪《しょくざい》のつもりでそういうことをしているのではないか。

　そのことを言うと、石村は、

「私は法廷で島根さんの人間性をわかってもらうために、小学校、中学、高校時代の友人たちに証人として立ってもらいました。彼らは、島根さんが律儀で義理堅く面倒見のいい人間であることを異口同音《いくどうおん》に証言しました」

　父の人柄を聞いて、遙は胸が熱くなる思いがした。

「島根さんは小学生のときに母親を亡くしているんですよね。そのときの担任の女性教師を実の母親のように慕《した》っていたという証言がありました。その教師のことを、卒業してからも面倒を見つづけているというのです。その教師を証人に呼びたかったのですが、病気でだめでしたが」

　石村は父の人間性から、犯人を庇うということはあり得るかもしれないと言った。そのあとで、

「ただ、沢子が犯人だとすると、バーにいた人間が全員偽の証言をしたことになります。果たして、そのようなことが……」

石村は懐疑的に言った。

数日後、石村から郵便物が届いた。当時の裁判資料の一部で、事務所の倉庫に保管してあったのを探し出したとあった。参考にしてくださいと、手紙が添えてあった。

遙は自分の部屋に閉じ籠もって、それらを読んだ。証人尋問の記録である。

小学校時代からの友人が法廷に立って証言している。

それによると、父は小学生時代はおとなしくひ弱な子だったようで、友達は少なかったという。親しくしていたのは自分ぐらいだろうと語っている。父の意外な面を見たような気がした。

早くに母親に死なれ、祖父母に育てられたためかもしれないと感想を述べている。

そのせいか、担任の光野《みつの》先生にはずいぶんと懐《なつ》いていた。卒業してからも、ずっと手紙のやり取りを行ない、母親のように思っているのではないか、と証言していた。

その他に中学時代の友人が証言している。生真面目《きまじめ》で、義理堅い人間だったことを訴えている。さらに、高校、大学、社会人とそれぞれの友人を法廷に引っ張り出したのは、石村が父を犯罪を犯すような人間ではないことを訴えんがためのようだった。

その大学時代の友人として法廷に立ったのが高山である。それぞれの証人の証言を読んでわかるのは、父が生真面目で誠実で約束は依怙地《いこじ》なほど守るという人間だということだった。

待ち合わせで、相手が来ないときは一時間でも二時間でも待つ。すっかり約束を忘れて外出してしまい、ある場所に行ったら、そこに父が待っていた。約束の時間から六時間経っていたという。また、会社の通勤途上で腹痛を起こして動けなくなったひとを助け自宅まで送り届け、そのために大事な仕事を一つ失ってしまったこともあったという。

このような父の性格が、この事件と関係があるのではないか。そう思ったとき、いきなり扉が開いて、遥はあわてた。敷居の所に母が立っている。遥は資料を後ろに隠すように母を見て、

「驚いたわ。いきなり入ってくるんだもの」

「でも、声をかけたのよ」

資料に夢中になっていて母の声が聞こえなかったようだ。果たして、母は険《けわ》しい顔で目の前に腰を下ろした。

「何をやっているの？」

「なんでもないわよ。ちょっと調べ事」

「だから、何を調べているの？」

背後にある資料に探るような目を向けて、

「お父さんの事件のことね。高山さんに会ったそうね」

高山が母に話したらしい。しらをきることも出来たが、遥は素直に白状した。

「仕送りを続けてくれたひとが、真犯人じゃないかと思うの。身代わりになった父への贖罪のつもりで私たちにお金を送ってきたんだわ。ほんとうは、お母さんもそう思っていたんじゃないの」

母は眉の辺《あた》りに憂いを浮かべ、

「ええ。でも、そんなこと、どうでもいいことでしょう」

「どういうこと？」

「だって、お父さんはそのひとのためにほんとうに殺人を犯したかもしれないんだし」

母は冷たく言った。

「母さんは、沢子というひとが仕送りをしてきたのだと思っていたのね」

母は答えなかったが、それは肯定の意味にとれた。なぜ、仕送りの金に手をつけなかったか。母の気持ちがなんとなくわかるような気がした。

真犯人が沢子だったとしても、父は彼女の身代わりになった。裁判でも、彼女の名を出そうとしなかった。また、父が真犯人であっても、その犯行の動機は沢子のためである。いずれにしろ、父は沢子のために死んで行ったのだ。

母にしてみれば、父は家庭を裏切り、よその女のために命を賭けたということになるのだ。遙にとっては、父が無実だったかどうかは大きな問題であるが、母にとってはそれはどちらでもいいことだったのだ。

そうなのだ、母にとっては、父が犯人だろうが、そうではなかろうが、関係ないのだ。

母は、沢子という女性のために父が自分を犠牲にし、家族まで捨てたことが大きなしこりになっているのだ。

おそらく、沢子は自分の身代わりになった父への贖罪から、残された家族へ仕送りをしてきたのだろう。そういう沢子のお金に、母は手をつけることが出来なかったのだ。どんなに苦しいときでも、そのお金を使わなかった。それが、母の意地というものか、あるいは、父への怒りだったのか、いずれかはわからない。

だが、ここにきて、遙の結婚費用に、そのお金に手をつけようとしているのだ。

「今年の六月で、仕送りが尽きた時点で、あの女性の贖罪は終わったのよ。もう、私たちとあの女性は何の関係もないわ。だから、このお金はあなたの結婚のために使ってもいいと思うの。そうでしょう」

母は自らに言い聞かすように言った。

だが、遙には別な疑念がわき起こっている。石村が言っていたことだ。沢子が犯人だとしたら、バーにいた全員が嘘の証言をしたことになるという。そんなことがあり得るのか。さらに、父は何かを待っているようだったと。いったい、何を待っていたのか。

父の人間性を知るにつけ、遙には父が他に女を作り、家庭を破壊するような人間には思えないのだ。父がいなくなれば、家族の生活はたちまち困窮してしまうのだ。つまり、沢子との関係を、遙は疑わざるを得ない。だから、父が身代わりになったとしたら、それは沢子ではない。それに、父は永久的に他人の罪を引き受けるつもりだったのではない、と遙は思うのだ。父は真犯人が現われるのを待っていた。が、その前に、父は無念の最期を迎えてしまった。父との約束を守れなかったことへの贖罪が、遺族への仕送りという形になったのではないか。

「最近、西原さんとは会っているの？」

突然、母がきいた。

「えっ？」

「何て顔をしているの。近頃、西原さんから電話もかかって来ないから、どうしているのかと思って」

「今、忙しいらしいの」

遙は嘘をついた。父のことから婚約解消に向かっているなどとは口に出せなかった。

「ねえ、この前、とても素敵なウエディングドレスを見掛けたのよ。今度、いっしょに見に行きましょうよ」

「え、ええ……」

遙は曖昧《あいまい》に答えた。

「そうそう、お正月はどうするの。向こうの家に挨拶にいかなくちゃならないわよね」

母は本気で気が重そうな顔をした。

「あなたに恥をかかせちゃ悪いし……」

「母さん。いいのよ、そんな心配」

「そうはいかないわ。だって、あちらさんみたいな立派な家に行ったことないから、なんだか失敗しそうで」

「ほんとうにいいの。ねえ、母さん。お正月はふたりで温泉にでも行って過ごさない？　そうしましょうよ」

「それはあなたと過ごす最後の正月になるんだから、ふたりでゆっくりしたいと思うけど。でも、向こうさんにとっても大事な正月なんだし」

「じゃあ、決めたわ」

母の言葉を封じ込めるように、わざと明るく立ち上がって、遙は部屋を出て行った。

4

駅前からバスに乗った。車内は空《す》いている。土地のひとらしい老人が数人と、子どもが乗っている。バスは三浦《みうら》半島の海岸線を離れ、街中に入って行った。

沢子が見つかった、という連絡が石村公三郎から入ったのはきのうのことだった。弁護士の息子に調べさせたらしい。その場所を教える前に、石村はまず確認するようにきいたのだった。

「あなたは、お父さんの汚名を今からでもすすぎたいのですか」

「わかりません」

答えるまで間があったのは、頭の中で、あることが働いたからだ。はじめは父の名誉を回復することまで、考えが及んでいなかった。だが、石村に言われ、はじめてそのことを意識したのだ。わかりません、と答えたのは、もし父の名誉が回復されれば、西原と結婚が出来るかもしれない。そういう気持ちの揺れが、答えを躊躇《ちゅうちょ》させたのだ。

「時効まであと数カ月あるから、会っても何も喋《しゃべ》ってくれないかもしれない。その覚悟で会うのがよいかもしれませんよ」

そう言ってから、石村は沢子の居場所を教えてくれたのだった。

気がつくと、下車停留所をアナウンスしていたので、あわててブザーを押した。

一歩裏通りを入ると、居酒屋やスナックが並んでいる一帯に出た。もっとも、それほど広域にわたっているわけではない。したがって、「酔《よい》どれ」という看板が出ている店を見つけるのは造作なかった。だが、案の定、昼下がりのこの時間は店の扉が固く閉ざされていて、遙は困惑した。

店の二階が自室になっているようだが、肝心《かんじん》の玄関が見当たらない。両隣りは別な呑み屋だ。迷っていると、斜め前のスナックの扉が開き、パジャマ姿でナイトキャップを被《かぶ》ったままの女性がゴミ袋を持って出てきた。遙はその女性に声をかけた。

「すみません。こちらのお店の女将さんに会いに来たのですけど、玄関はどちらでしょうか?」

「ああ、あそこの共同トイレの横に細い道があるでしょう。そこを入っていくと裏道に出るから」

遙は共同トイレの横を入って、裏道に出た。そして、ようやく沢子の家の小さなドアを見つけたのだった。

この時間だから起きているはずだと考え、遙は深呼吸してから呼鈴を押した。微かな鈴の音が耳に届いた。

しばらくして、ドアが開かれた。四十半ばと思える顔色の悪い女性が顔を覗かせ、

「応募のひと?」

と早合点してきいた。

「いえ、違います。私は島根館夫《たてお》の娘で、遙と申します」

「島根……」

彼女は怪訝《けげん》そうな顔をした。

「沢子さん、でいらっしゃいますか」

「まさか、島根って……」

彼女は息を呑んだようだった。しばらく経ってから、ようやく事態を認識したように、

「上がってもらいたいけど、ちらかっているから。お店のほうにまわってちょうだい」

遙は再び、共同トイレの脇を通って、店の前にやってきた。すでに、扉が開いていた。遙は店内に入った。

十人ぐらい座れるカウンターに、テーブルが三卓あった。丸い椅子が全部、カウンターやテーブルの上に逆様《さかさま》に置かれている。沢子は椅子を下ろして、遙に座るように言った。

カウンターの奥に消えた彼女はしばらくして湯飲みを持ってきて、テーブルに置いた。

腰を下ろすなり、沢子はたばこをくわえ、

「そう、あなたが島根さんのお嬢さん？」

感慨深そうに、彼女は言う。遙は頷いてから、心を落ち着かせるように湯飲みに手を伸ばした。

「なぜ？　なぜ今になって私に会いに？」

「父が死んでから母の口座に今年の六月までお金を振り込んでくれていたひとがいるんです」

遙は沢子の表情に微かな変化を見つけた。

父はこの女性のために自分を、いや家族をも犠牲にしたのかと、遙は改めて感慨を持って相手の顔を見つめた。そのとき、不思議なことにたまらなく怒りを覚えたのだった。そのために、私の結婚がだめになったのよ、と遙は喉元まで出かかったのだ。そして、思いもしなかった言葉を口から出した。

「あなたは父とはどのような関係だったのですか」

じっと遙の顔を見つめたあと、彼女はきいた。

「おいくつなの？」

質問をはぐらかせたことに抗議するように乱暴に、二十五ですと答える。

「じゃあ、当時は十歳ぐらいだったのね」

彼女は遠くを見つめるように呟いた。遙が質問の答えを要求しようとしたとき、彼女は大きくため息をつき、

「あなたのお父さまとは何の関係もなかったわ。ほんとうよ」

そう言ってから、彼女は自嘲ぎみに笑い、

「でも、警察の調べじゃ、そういうことになってしまっているのよね。あなたも、それを、ずっと信じてきたというわけね」

「言っている意味がわかりません」

「私とお父さまとは関係ないっていうこと」

「母は、あなたがお金を送り続けてきたと、ずっと思っていました。だから、お金には一銭も手をつけていません」

沢子は目を見開き、すぐに視線を落とした。

「じゃあ、私のことをずっと恨《うら》んできたというわけ？」

「いえ、あなたばかりじゃありません。父のことも」

遙は今になって思い当たることがある。遙の前で、母は父の思い出話をすることはあまりなかった。遺品や写真などは、みなダンボール箱に入れ、押入れの奥に仕舞い込んだままだ。そのことを、最初は事件のことを思い出すのがいやでそうしているのかと思ったが、じつはそうではなかったのだ。父への嫉妬、自分を裏切ったことへの怒り、そういった感情が働いていたからではないか。

そして、そのことを強く意識させてきたのが、あの金である。沢子の父への思いが、そこに現われている。だが、母は遙のために、その怒りを押さえてきたのだ。

「私は今まで、父のことを恨んだことはありませんでした。でも、今度、はじめて父が憎くなったんです。そして、あなたも」

遙は父のことを知られて婚約解消されるはめになったことを吐き捨てるように言った。話しながら、遙はなぜか涙が出てきた。

やりきれないように、沢子が頭を振った。そして、すっくと立ち上がると、カウンターの中に入って一升瓶を取り出し、湯飲みに注いで呑みはじめた。遙は呆気にとられて、彼女の様子を見た。

「ごめんなさいね。呑まなきゃ、言えないこともあるのよ」

ぶつぶつ言いながら、沢子は湯飲みを空《あ》けた。そして、ようやく遙の前に戻ってきた。

「すべて狂ってしまったんだわ」

沢子は苦しそうに眉を寄せてから、

「お金を送っていたのは私じゃないわ。ほんとうよ」

遙はまじまじと沢子の顔を見つめた。じっと受け止める彼女の目に、偽りはないように思えた。はじめて、遙はうろたえ、

「じゃあ、あなたと父は？」

「言ったでしょう。ほんとうに関係ないのよ」

そう言ったあと、体の奥底に仕舞い込んできた苦悩が今いっきに噴《ふ》き出したかのように、沢子は髪の毛をかきむしりはじめた。その苦悶《くもん》に満ちた表情に、遙は肺腑《はいふ》を抉《えぐ》られたようになった。自分が想像していたものと違うようだが、このひとも、あの事件の後遺症をずっと抱えて生きてきたのだと思った。

遙は沢子が落ち着きを取り戻すのをじっと待った。長い時間が経ったような、いや、待つ間もなかったかのような、どちらともはっきりしない感覚の中で、沢子が口を開きはじめたのだった。

「私の亭主は極道者だったわ。世間が何もわからないまま、十九歳で結婚して、あとは地獄。怠け者の癖に、見栄っ張りで、おまけにすぐ暴力を振るう。私がバーで働いて稼いだお金はみんなかってに使い込んで。何度も亭主から逃げた。だけど、そのたびに見つかり、連れ戻されたわ。俺はおまえがいないと生きていけないんだと泣きつかれると、私もついほだされて。でも、その

舌の根のかわかないうちに、もう元の道楽者に戻っている。そんなことの繰り返し。亭主を殺して自分も死のうと漠然と考えるようになったとき、あのひとと知り合ったんだ。ふらりと、知り合いの男性と店に現われた」

「あのひと……」

遙の呟きが聞こえなかったかのように、沢子は続けた。

「私の顔の痣《あざ》に気づいてやさしい言葉をかけてくれたわ。それから、私にはあのひとがやってくることが心の支えになっていったの。出来ることなら、私はあのひとと人生をやり直したいと思ったわ。でも、亭主が別れることを承知しない」

そこで言葉を止め、沢子は恐ろしい形相になった。

「あのひとのことが亭主にばれて、私は半殺しの目にあった。あのひとも殺されるかもしれない。そう思ったとき、私は亭主を殺そうと決意したのよ。でも、あのひとが止めたわ。俺が話をつけてくるって。私がお店に出ているとき、あのひとは亭主に会った。亭主は呑んだくれていて、慰謝料を寄越せと言ったそうよ。あのひとは、亭主を生かしておいては私のためにならない。そう思ったのは、流しにあった包丁が目に入ったときだったそうよ。気がついたとき、あのひとは亭主の体に包丁を突き刺していた」

何かが取りつき本人とは別な意志が働いているかのように、沢子は喋り続ける。遙は息を凝《こ》らして聞き入った。

「亭主から自由になったけど、あのひとと別れなければならない。いずれ警察はあのひとを捕まえにくる。そう思うと、息が詰まりそうになったわ。亭主を殺された妻の役を演じながら、私はあのひとのことばかり心配していた。事件から十日後に犯人は捕まったけど、あのひとじゃなかった。捕まったのは、あのひとといっしょにお店に来たことのある島根さん、あなたのお父さんだったわ」

堪《たま》らなくなって、遥は口をはさんだ。

「どうして父が？」

「あのひとの身代わりになったのよ」

「どうしてですか。あのひととは誰なんですか」

「光野久志《ひさし》という男よ」

「光野……」

どこかで聞いたことのあるような名だと思った。しかし、思いつかないまま、沢子の声が続いた。

「光野は自首するつもりだったのよ。でも、それが出来なかった。だから、その間、あなたのお父さんが犯人の役割を演じてくれていたの。いつか名乗り出るつもりだったわ。私がこのまま逃げていっしょに暮らそうと言っても、あのひとは、約束を破ることは出来ないとはっきり言ったわ。信じてあげて。あのひとは、ほんとうに名乗り出て、島根さんを助けるつもりだったの」

沢子は言葉を継ぎ、

「それなのに、島根さんがあんなことになって」

拘置所に入っていた父は光野が名乗り出る前に急逝したのだ。遙は怒りを押さえて、

「光野さんが名乗り出られない理由って何だったのですか」

「あの当時、光野のお母さんが胃ガンで余命いくばくもなかったの。光野は母を最期まで見届けてから必ず名乗り出ると。島根さんは、それを知って身代わりになってくれたんです」

遙ははたと思い出した。光野はその教師の息子だったのだ。

見てもらったひとだ。光野は父の小学校のときの女教師の光野先生。父が実の母親のように面倒を見てもらったひとだ。

「島根さんが亡くなったあと、その母親もしばらくして亡くなったわ」

「父が死んだあとでも、どうして名乗り出てくれなかったんですか」

と、遙はやりきれないようにきいた。

「私が引き止めたのよ。私から離れないでと」

自嘲ぎみに笑い、沢子は続けた。

「私たちは逃げるように新潟に行き、そこで部屋を借りて住みはじめたわ。でも、あの事件のことが常にわだかまりとなっていた。いつも神経がぴりぴりしていて。そんなとき、光野が稼いだ金の半分近くを黙って何かに使っていることに気づいたの。それが一年以上も続いたので、光野に問い詰めたのよ。彼は黙っていた。私は女がいるのだと思ったわ。それから、ふたりの仲はこ

じれて。結局、私はあのひとの所から去ったわ。あれから十年よ」

沢子はふうと息を継ぎ、

「島根さんの家族に送っていたなんて、私には思いつかなかったわ。そうだと言ってくれたら、私はあのひとから逃げなかったのよ。こんなことなら、別れなかったのに……」

臍《ほぞ》を噛むように、沢子は苦しげな表情をした。光野と沢子の間では事件のことを口に出すのはタブーになっていたのだろう。だから、光野はそのことを黙っていたのに違いない。その誤解から、ふたりは別れるようになった。

「光野さん、今はどうしているかわかりませんか」

「ねえ。その振込場所がどこからかわかる？」

「新潟です」

そう聞くと、沢子はいきなり立ち上がって目を輝かせて、

「行きましょう。新潟へ」

新潟駅を出ると、空はどんよりとし寒々としていた。沢子はまっすぐタクシー乗場に向かった。車に乗り込むと、沢子は、松波町《まつなみちよう》と迷わずに言った。なぜ、それほどの自信を持っているのか。

松波町でタクシーを下り、沢子はずんずん先へ歩いて行く。やがて、松林を過ぎると、日本海

の荒波が見えて来た。海岸線に沿った道をしばらく行き、古ぼけたアパートの前で立ち止まった。

沢子は懐かしげにアパートを見上げた。おそらく、東京から逃げて来たふたりがいっしょに暮らしたアパートなのだろう。だが、沢子は十年前に、ここを去っている。まるで、沢子は今でも光野がここにいることを疑っていないように階段を上がって行った。そして、二階に上がったとき、遙は信じられないものを見たように目を見張った。

まっしぐらに沢子が向かった部屋に、光野の表札が掛かっていたからだ。

沢子は呼鈴を押した。中から物音が聞こえ、そっとドアが開かれた。薄暗い中に、頬がこけて不精髭を生やした男がパジャマ姿で立っていた。逆光になっていて、沢子の顔がすぐにわからなかったようだ。やがて、男の目が輝いた。

「沢子……」

そう言って、激しく咳《せ》き込んだ。あわてて、沢子は男の背中に手をやった。この男が光野なのかと、遙は感慨を覚えた。

「どうなの、体は?」

沢子が光野の背中をさすりながらきいた。

「肺が弱っているらしい」

「もう大丈夫よ」

励ますように言ってから、沢子はかってに上がり込んだ。そして、遙にも上がるように言う。

どうぞ、と光野が声をかけた。

奥にふとんが敷いてある。光野が寝込んでいたのだ。台所にはカップラーメンの器《うつわ》が溜まっている。

腰を下ろすなり、光野は沢子に向かって、

「来てくれたんだね」

と言い、遙を見てきいた。

「島根さんのお嬢さんですね」

「どうして、私のことを？」

「沢子といっしょだったから」

光野は青白い顔で言う。

「あなたが、母の所にお金を？」

光野は頷くと、居住まいを正し、深々と頭を下げた。

「あなたのお父さんは私の身代わりになってくれました。せめてもの罪滅ぼしのために、あんな真似をさせていただいたんです。でも、今年になってすっかり体を壊し、こんな体たらく。とうとう、お金を送ることも出来なくなってしまいました」

「あのとき、ほんとうのことを言ってくれたら、私はあなたから離れていかなかったわ」

沢子が悔《くや》しそうに言った。

「事件のことを引きずっていると悟られると、君との仲が気まずくなると思って言えなかった。でも、それがかえっていけなかったんだ」

「ずっと、ここで待っていてくれたのね」

痛ましげに、沢子はきいた。

「ああ。きっと戻ってきてくれる。それを信じていた」

送金を続けて来たのは、遙の母に、沢子に会いに行かせる目的もあったのかもしれない。母に会えば、沢子の誤解がわかる。贖罪の意味の一方で、その誤解を解きたいという気持ちも彼にはあったのではないか。

「遙さんは、お父さんのことで結婚話がだめになったんですって。もし、お父さんの名誉が回復されたら、もう一度、相手も考え直してくれるかもしれないわ。ねえ、今からでも自首して。そして、島根さんの名誉を。私、もう絶対にあなたから離れないから」

「わかった」

光野は青ざめた顔で頷いた。

「だめです」

遙は叫んだ。ふたりが遙に顔を向けた。

「光野さんは病気なんでしょう。病気をすっかり治してからにしてください」

遙は時効が成立してから光野に出て来てもらおうとした。

「だって、それじゃいつになるかわからない。結婚式のほうは」

そう言ったあとで、光野はまたも激しく咳き込んだ。すぐ沢子が背中をさすった。そんなふたりを見て、遙は心を決めた。

「あんなことで結婚をやめようと思う男なんて、こっちから払い下げだわ」

このとき、遙ははじめて自分の気持ちにけじめをつけたのだった。それに、このふたりをいっしょにさせる。そのことが父の遺志でもあるような気がした。母だって、父が自分たちを裏切っていたのでないとわかれば、どれほど救われよう。そのことだけで充分だ。

「光野さんからいただいたお金。まだ一銭も手をつけていません。どうか、それを治療代にして、体を治してください。そのほうが、父も喜ぶと思います」

「そんなことは出来ない。あのお金はあなた方に」

「いいえ。でも、その代わり、お正月に母と温泉で過ごすことになっているんです。その費用だけ、使わせてください」

いたずらっぽく言うと、遙は立ち上がった。

「じゃあ、私は帰ります。母が待っていますから」

遙はアパートを出た。日本海の荒波を見ていると、結婚がだめになったことを母に簡単に打ち明けられるような気がしてきて、弾《はず》んだ気持ちでバス停に向かった。

鳥羽 亮

黒苗《こくびょう》

著者・鳥《と》羽《ば》　亮《りょう》

一九四六年、埼玉県生まれ。埼玉大学教育学部卒業後、教員生活を送る。九〇年『剣の道殺人事件』で江戸川乱歩賞を受賞し、作家デビュー。主な著書に『探偵事務所』『一心館の殺人剣』。近年は『妖鬼飛蝶の剣』など時代小説にも新境地を拓き絶大な人気を得る。

1

JR大宮《おおみや》駅。中央改札口を通って、新幹線の改札口に向かう通路の角に立ち食いそば屋がある。

添島牧夫《そえじままきお》は、麻雀で徹夜した朝、この店でそばを食うことが多かった。駅南口を出て、五分ほど歩いたところにある『サクラ不動産』の応接室が、麻雀仲間のたまり場になっていた。添島は、週に二、三度そこに顔を出すが、いったん牌《パイ》を握ると、夢中になってつい夜を明かしてしまう。

添島の家は、大宮に隣接する与野《よの》市にあり、埼京《さいきょう》線の与野本町駅から歩いて十分ほどのところにあった。店舗と住まいが別で、『添島不動産』という彼の店は駅前のパチンコ店の脇にある。

いつもそうだが、徹夜麻雀をした朝は、家にはもどらず、直接店に出る。どうせ、客などめったにないのだ。女房に、昨夜のことをうるさく詮索されるより、応接用のソファーで仮眠したほうがはるかに休まる。

「おやっさん、いつもの……」

店の親爺《おやじ》も、六時前に決まって店のカウンターの隅に立つ添島とは馴染《なじみ》になっていた。

「その顔じゃあ、ツキがなかったようですね？」

大きめのテンプラをのせて、添島の前に出しながら、親爺が訊《き》いた。まだ、開店したばかりで、眼鏡をかけた中年のサラリーマンふうの客が反対の隅で、そばを啜《すす》っているだけだった。

添島は、七味唐辛子《しちみとうがらし》を威勢よく振りながら、

「まったくよう、バブルだか何だか知らねえが、物件《もの》は動かねえし、麻雀のツキにまで見離されちゃあ、首でもくくるより他にねえぜ」

ずるずるとそばを啜りこみながら、添島は体を横に向けた。

そのとき、すぐ脇に立った学生らしいにきび面《づら》の男と顔を合わせるのが嫌だったのである。親爺もそれ以上は話さず、学生らしい男の注文のそばを出すと、奥にひっこんでしまった。

少し唐辛子をかけ過ぎたようだ。辛《から》い……。箸を持った手でコップをとり、一口水を含んだとき、なにげなくガラス越しに見える伝言板に目をやった。

改札口の外の通路を隔《へだ》てた向かい側にあるので、通過する乗降客が多かったら、その文字は添島の目に止まらなかったかもしれないが、ちょうど、客の姿がとだえ、板全体がよく見えたのだ。

六月三日、旅立つ、槇野靖子《まきのやすこ》――、と記《しる》してあった。

槇野靖子という名に覚えがあった。

(まさか、そんなはずはない……)

添島は、同姓同名だろうと思ったが、妙に気になった。

六月三日は、添島の知っている靖子の死んだ日である。旅立つ、ということばも死を暗示しているように思えた。

（絶対に分かるはずはないんだ……）

まだ、死体も発見されてはいない。靖子の死を知っているのは、自分だけなのだ。添島は、胸に生じた不安をなんとか打ち消そうとした。

ふと、気付くと、手に持ったままの丼の縁から、タラタラとそばのつゆが零《こぼ》れ落ちていた。添島は、動揺をふっ切るように、赤い唐辛子の沈んだつゆを飲みこんだ。

『緑《みどり》が丘《おか》マンション』二〇一号室。

シャー、と音をさせて、その女子大生はレースのカーテンを引いた。薄暗かった六畳の部屋に初夏の陽《ひ》がさしこんだ。

「新しいって、気持ちいいわ！」

女子大生は窓から身を乗り出して、周囲を眺めた。窓外の青桐《あおぎり》の深緑が、彼女の白い額《ひたい》を青く染めている。

「お嬢さん、学生？」

「そう、槇野靖子、美大の三年」

振り返った彼女の肩口に陽がさし、白いブラウスのなかにブラジャーの影を透《す》かして見せた。

少しきつそうだが、今どきめずらしく清楚《せいそ》な感じのする娘《こ》だ、それが添島の第一印象だった。

「……どうです、いい部屋でしょう。南向きで、日当たりはいいし、周囲《まわり》は静かだし、掘り出し物の物件ですよ」

そのとき、添島はいかがわしい下心があったわけではない。部屋を探しに来た女子大生と斡旋《あっせん》する不動産屋の親爺以外のなにものでもなかった。

「でも、月七万は、どうもね」

靖子は、部屋の周囲に視線を回した。

玄関を入ってすぐ左手に、バス、トイレがある。右手に冷蔵庫が備えつけてあり、ガスレンジもある。六畳一間は、たしかに狭いが、一人住まいなら充分なはずだった。

あそこに、ベッドを置いて、ここに机を置けばいいかな……と、靖子の目は、すでに家具類の配置を考えはじめていた。

（決めたようだな……）

添島はそう読み、

「新築のワンルームマンション、そうは、見つかりませんよ」

と、だめをおすつもりで言った。

「決めちゃおうかな」

「隅の一番いいとこです。すぐにふさがってしまいますよ」

七部屋ある二階は、まだ一部屋しか借り手が決まっていない。

「そうね。……沿線の不動産屋さん、もう五軒もまわったのよ。くたびれちゃったし……。それで、敷金とか、礼金とかは？」

靖子は、黒いハンドバッグの止め金に、指をかけた。

（いくらか、まとまった金を持って来ているようだな）

長年の商売で、客のこうした無意識の所作から、金を持って来ているか、手ぶらで来ているか、簡単に読むことができた。

「敷金、礼金とも、二カ月ぶん。それに、部屋代として二カ月ぶん……」

揉《も》み手をしながら、添島は、二歩ほど前に出た。

このところ、麻雀の負けがこんでいた。暴力団とも繋《つな》がりのある朝倉《あさくら》という麻雀仲間から、金が返《けえ》せねえなら、不動産で払ってもらう、と威《おど》されていた。二十万ほど渡せば、いくらか先にのばせるはずだ。

「……四十二万か。一応、相談して来るから、この部屋取っといて」

「いつになります？」

できれば、半金だけでも今日手に入れたかった。

「三日後。……明日から、先輩と旅行に行くのよ」

「三日後ですか……」

添島は渋い顔をした。先輩との旅行なんて、知ったこっちゃあない。明後日、朝倉と卓を囲むことになっていた。三日後では、何か別に金の工面を考えねばならなくなる。

「お父さんも、部屋を見たいって言ってるから、こんど、一緒に来るわ」

靖子は、金の入っているであろうハンドバッグを両手で抱えなおした。このまま、金を持って帰る気になってしまったようだ。

添島は、父親と後日出なおしたいというのは、持ち金が足りないための口実かもしれないと思い、

「半金だけでも、いただけると助かるんですがね」

と水を向けてみた。

「とにかく、今日は、帰るわ。お父さんに、ここを見てもらってから決めたいのよ」

「どなたか、ここに来てることご存知なんでしょう？」

「知らないわ」

「まさか……」

「ほんと、私が、ここにいること、誰も知らないのよ」

そう言って、靖子はハッとした顔をした。まだ少女らしさの残っているその顔に、不安の翳《かげ》が過《よぎ》った。

添島は敏感に、その不安が何を意味しているか察知した。

「暑いですなあ……」

添島は、ネクタイをゆるめた。一瞬おおった気まずい沈黙を、取り除くつもりでそうしたのだが、その行為は、かえって靖子の不安を増長させたようだ。

「でも、風が出てきたわ……」

ことさら靖子は、平静を装って明るい声をだしたが、下手《へた》なセリフのようだった。靖子は、口許《くちもと》にぎごちない笑《え》みを浮かべて、一歩、二歩と入り口の方に身を寄せた。そうすることでかえって、野獣の気をひいてしまう小兎のようだ。

添島も、はち切れそうな肢体をもった若い娘と、隔絶された部屋の中に二人きりでいることを意識していた。靖子の不安に呼応するように、胸が高鳴ったが、それを自制するだけの理性は持っていた。男と女の修羅場《しゅらば》の経験も多い、四十半ばの男である。欲情のままに突進するほど若くはない。むしろ、靖子が抱いた不安を利用して、内金として二十万ほどせしめてやろうと、ずるい算盤《そろばん》をはじいていた。

添島は、出口を塞《ふさ》ぐように動いた。

「お嬢さん、手付け金として二十万だけ、置いていってもらえませんかね」

添島は、威圧的に言った。

「………！」

靖子の顔は見る見る蒼《あお》ざめた。

「二十万だけ置いていってもらえば……」

添島は、本気で威そうと思ったわけではないのだが——。

「何すんのよ！」

突然、靖子が弾《はじ》けたような甲高《かんだか》い声を発した。

窮鼠《きゅうそ》の反応だったのかもしれない。が、思いも寄らない強い反応に添島の自制心が奪われた。しかも、自分の娘のような若い女の顔に浮かんだのは、汚いものにでも触れられたような嫌悪の表情だった。それが、添島を逆上させた。

「この女《あま》！」

添島は引きちぎるようにネクタイをはずした。

「イヤッー！」

悲鳴を上げながら、靖子は出口に突進した。添島の脇をすり抜け、その手がドアのノブにかかった時、添島の持っていたネクタイが喉にかかった。

2

六月七日。アッチャン、先に行くぞ〜、メグミ。

伝言板にはそれだけ書かれていた。

同じ伝言板で靖子の名を見た翌日の夕方、添島は『サクラ不動産』に行く途中気になって目をやったのだ。

ほっとした。自分とは関係なさそうだ。やっぱり昨日の伝言内容は、偶然だったのだろうと思った。

翌朝、徹夜麻雀を終え、伝言板の前を通りかかった添島の目に、靖子の名がとびこんできた。

ネックレスどうしたの？　靖子。

と記してあった。

あのときと、同一人と思われる角張った書体。添島はギョッとして足を止めた。

（また、靖子だ！）

これは、俺に向けられた伝言だ！　と添島は直感した。

誰かが知っている。しかも、自分に何か伝えようとしている。罪を暴《あば》こうとしているのか、それとも脅迫なのか……。

（父親だろうか……？）

そんなはずはない。あのときはっきりと、靖子は自分がここに来ていることは誰も知らないと言ったのだ。

しかし、ネックレスのことは、誰にも分からないはずだ……。誰かが現場を目撃していたとしか考えられない。

（誰だろう……？）

あのとき、偶然通りかかった誰かが、鍵穴から覗《のぞ》いたのか、あるいは、遠い高層ビルの窓から高性能の双眼鏡か何かで見ていたのか、いずれにしろ、俺のやったことを知っているのだ。

添島は考えこみながら、いつものそば屋のカウンターの前に立った。

すぐ横に、太い腕を出した体育会系の学生らしい若者が一人、その向こうに、中年のサラリーマンふうの男が一人、そばを食っていた。

「らっしゃい。いつもので？」

「ああ……」

添島は出されたテンプラそばに七味唐辛子をかけながら、

「親爺さんよ、あそこに伝言板があんだろう。あんなとこに、書くやつがいんのかい？」

と訊いた。もし、中年男でも書いているのを目撃したら、覚えてるかもしれないと思ったのだ。

「結構使ってるんじゃあないですかね。……何書いてるんだか」

「あんなとこに書くのは、子供だろう？」

「でしょうね。ほとんど、中、高校生じゃないですか」

関心がない、といった顔で、カウンターに残った丼をかたづけ始めた。

「…………」

添島はそばを啜りこんだ。腹は空《す》いているはずだが、妙にぱさぱさして喉を通らなかった。あきらめて、半分ほどで箸を置いてしまった。

暖簾《のれん》を額で分けながら、首をうなだれて店から出た。

制服姿の女子高生五、六人が、添島の脇を笑いながらすり抜けて行った。睡眠不足のせいかもしれない。照明の淡い光の中を、何か、黒い大きな鳥でも追い越して行ったような気がした。


靖子の全身から急に力がぬけ、添島の肩口にしなだれかかって来た。

添島が、わずかに身をひねると、ドタン、と大きな音をたてて、靖子は背中から床に落ちた。

一瞬、頰のあたりが痙攣《けいれん》し、白眼が動いたような気がした。……が、見ると、首にかかったネクタイに両手の指をひっかけたまま、ぴくりともしない。天井に苦悶の表情を向けて、死んでいた。

添島は足元に落ちていたバッグを拾い上げて、金を探した。

(ちくしょうめ！)

五万しかなかった。靖子は、二十万はおろか、その半分も払えなかったのだ。

添島は、バッグを床にたたきつけた。

横たわっている女の体に目を転じると、細いひだのはいったスカートが捲《まく》れて、白い太腿が露出していた。

添島の体の中で何かがくずれ、獣の欲情がむきだしになった。

添島は血走った目をぎらぎらさせて、荒々しくスカートを胸のあたりまで捲り上げた。パンティストッキングの下に、白いショーツが透けて見えた。

そこは、なんの陰りもなく単純で清潔だった。恥部でも秘所でもない。

……マネキン人形だ！

反応のない冷たい玩具の人形だった。急激に添島の欲情が萎《な》えた。

興奮が去った後、激しい後悔と恐怖がくることを添島は知っていた。

己の気持ちを昂《たか》ぶらせるために、添島は荒々しくブラウスを剝《は》ぎとり、ブラジャーを腰のあたりまでずり下ろした。腹のあたりに跨がり、露《あらわ》になった小さな二つの乳房を鷲摑《わしづか》みにした。が、掌の中のそれは女の乳房ではなかった。ぐにゃりとした冷たいただの肉片だった。

たまらなくなって乳房から手を離したとき、添島は胸の白い肌の上で、血のように赤く光っているものを目にとめた。金のネックレスの先の小さなペンダント。ルビーらしい。

鮮血のような光の玉を見たとき、萎えていた添島の欲情がよみがえった。その紅玉を摑んでちぎり取ると、冷たい女の胸に顔を埋めて乾いた唇をおしつけた。

3

添島は、埼京線の与野本町駅で降りると、自分の店には寄らず、まっすぐ『緑が丘マンション』に足を向けた。

昨夜は一睡もしてなかったので、頭は朦朧《もうろう》としていたが、気持ちは昂ぶっていた。

（この目で、確かめてやる……）

添島は、靖子を殺した二〇一号室に行って、あの日誰かが目撃することができたかどうか調べてみようと思った。

部屋はひっそりとしてあの日のままだった。人の入った気配はない。

まず、入り口のドアの鍵を確認してみた。差込み口はあるが、中が覗けるような穴など空《あ》いてはいない。すぐに、廊下側から目撃するのは不可能だと分かった。

残るのは南側の窓だ。

レースのカーテンを引き、窓を開けると、目前に青桐が茂っていた。初夏の陽を受けた深緑が、マンションの白壁にくっきりと重い影を刻《きざ》んでいる。

その深緑の遠方に七階建てのマンションがあった。ベランダの洗濯物が小旗のように、初夏の陽に輝いている。三、四百メートルは離れているだろうか。部屋の中を覗くには、どんな性能のいい双眼鏡を使っても、遠すぎる気がした。

（やはり、誰にも見られてはいない……）

そう確信ができた。

だが、伝言板に書いた相手は、犯行の様子を知っている。ネックレスを奪ったことは、目撃者でなければ分からないはずなのだ。

（死体を運び出すときかもしれない……）

添島は、そのときの様子を思い出してみた。

一瞬、全身を貫《つらぬ》く快感がはしると、死体の胸の青白い肌の上に、侮蔑《ぶべつ》の唾《つば》を吐き捨てるように精液が飛んだ。全身の痺《しび》れが去ると、待っていたように後悔と恐怖が覆《おお》い被《かぶ》さってきた。

自分に向けられた恨《うら》みの目を遮《さえぎ》るように靖子の瞼《まぶた》を下ろしながら、添島は、

（とにかく、こいつを隠さなけりゃあ……）

と思った。

下の駐車場に靖子を案内してきたバンがある。そこまで運べば、どこへでも捨てられる。死体さえ始末すれば、この女と自分を結びつけるものは何もないはずなのだ……。

添島は死体の肩口を掴むと、ズルズルと出口の方にひきずった。

廊下から首を出して窺《うかが》うと、あたりはひっそりとしている。すでに借り手の決まっている二〇七号室も、まだ住人はいない。人に会う心配はなさそうだ。

添島は、女のブラウスのボタンをかけ、スカートを直してから、肩に腕をまわして担《かつ》ぎ上げた。

突き当たりの階段の前まで運んだとき、ふいに女の笑い声がすぐ近くで聞こえた。

ギョッとして足が竦《すく》んだ。

声の主は駐車場の前にある空地にいるらしかった。

チンチンという自転車のベルの音がし、続いて幼児の甲高い声が聞こえてきた。母親が空地で遊んでいる子供の相手をしているらしかった。

添島はその場で、一刻《いっとき》だけ待ったが、すぐに死体を担いで部屋にもどった。

たとえ、空地の母子が帰っても、このまま死体を運び出すのは危険だと感じた。駐車場のそばには道があり、偶然通りかかった人に目撃される恐れは充分あるのだ。

添島は、家の車庫の隅に布団《ふとん》袋が埃《ほこり》を被っているのを思い出した。

(あれに死体を入れて運び出せばいい……)

たとえ、目撃されても引っ越し業者と思うはずだ。

添島は空地の母子の声が消えるのを待って、手ぶらで部屋を出た。

4

六月九日。スパゲティ屋にいってるよ～ん、マリコ。二時間待った、帰る、賢一《けんいち》。デンワして、ヨシコ。ケンへ、バーイバーイ。バカヤロウ！　ブスが……。春代《はるよ》、いつものサテンにいるから、こいよ、行くからね～。

どういうわけか、伝言板は若者の軽薄な声で、埋め尽くされていた。どれも力のない流れたような字で、ふざけ半分に書きなぐっている。伝言というより落書きに近い。

添島は、伝言板の前をゆっくり歩きながら、自分に向けられた伝言はないか目で追った。

ほぼ真ん中に、活字のようにきっちりした文字で、犬、とあった。

添島の足が止まった。

前後のことばと字体も違うし、意味の繋《つな》がりもまるでない。誰かが、犬の字だけ、空いている隙間に書き入れたに違いない。一文字だけで判断はできないが、今までの書体に似ているような気がした。

足を止めてさらに見ると、隅に、同じように、腕、という文字があった。そして、その斜め上に小さく、靖子という名が!

……犬、腕、靖子。

明らかに同一人の字だ。犬が靖子の腕をくわえて来た、という意味ではないか!

(埋めた死体が発見されたのだ!)

まさか、犬が死体を掘り起こすなどとは思ってみなかったが、可能性はある。死体が発見されれば、すぐに、靖子と分かるはずだ。

(まずい!)

埋めた土地は自分のものだし、マンションを探していることぐらい家族は知っていたろうから、すぐに自分と結びつく。

添島は通勤客の流れの中を、夢遊病者のように歩いていた。足は、いつものように埼京線のホームに向かっている。

（しかし、おかしい……）

新聞にも死体が発見されたという記事はなかったし、テレビのニュースでもそれらしい報道はまったくなかった。

あれ以来、新聞の社会面は丹念に見ていたし、テレビのニュースも欠かさずに見ていたから見逃すということは考えられなかった。

（警察が、止めてるのかもしれねえ）

誘拐事件などの場合、人命擁護のため報道管制を布《し》く、と聞いたことがある。あるいは、犯人に死体の発見を隠して、密《ひそ》かに内偵を進めているのかもしれない。

しかし、どうもおかしい。警察が、伝言板に犯行を暗示する言葉を書いておくなどというまわりくどい方法をとるだろうか。関係者に聞き込みにまわるとか、アリバイを調べるとか、もっと直接的な捜査方法を取るような気がするのだ。

（罠だ！　俺を嵌《は》めるための罠だ）

相手のことばに踊らされて、動きまわるのは危険だ、無視したほうがいい、添島はそう思ったが、やはり気になった。相手は、死体を埋めたことまで知っているのだ。

添島は吊革に摑まって、窓外の建造物の流れに目をやっていたが、何も見てはいなかった。こわばり、ものの怪《け》にでも憑《つ》かれたような顔をしている。

(行ってみるか……)

現場を一目《ひとめ》見れば、埋めた死体がどうなっているか、分かるはずだ。そばを通るだけならいいだろう。何とでも言い逃れはできる。

めずらしく添島は、店舗のほうには寄らずに、駅から歩いて十分ほどの距離にある自宅にもどった。

「あんた、どこへ行ってたのよ!」

玄関を開ける音を聞きつけて女房の幸江《ゆきえ》が飛び出して来た。歯茎の輪郭《りんかく》が分かるほど頰がこけている。剝《む》きだした両眼に怒りの色を露骨に表わして、

「どこへ泊まったの!」

声を震《ふる》わせて言った。

「うるせえ、すぐ、出かけるから……」

添島の声は沈んでいた。顔は乾いた土色をしている。睡眠不足のせいだけではないことは、誰の目にも明らかだった。

「どうしたのよ……」

トーンが落ちた。幸江も異常をすぐに感じとったようだ。

「お茶を一杯いれてくれ。……車で一まわりしてくるだけだ」

本当にそのつもりでいた。現場に異常がなかったら、今日は自宅の布団で眠ろうと思っていた。

「出かけるって、どこへさ?」

ポットから急須《きゅうす》に湯を注《つ》ぎながら、戸惑った顔をしている。添島のふだんとは違う真剣さに気《け》圧《お》された感じだ。

「どこでもいい。いいか、誰か、俺のことを訊きに来ても余計なことをしゃべるんじゃあねえぞ」

「あんた、何をやったのよ」

「何もしやあしねえ。……麻雀だけだ」

「…………」

幸江の痩せた顔が不安にくもった。

添島はゴクゴクと喉を鳴らして茶を飲んだ。昨夜から何も食っていなかったので、腹は空いてるはずだが、食欲はまるでなかった。喉だけがやたら渇く。

添島は、布団袋に靖子の死体を詰めると、駐車場に停《と》めてあるバンに積み込んだ。郊外にある手持ちの空地に、死体を埋めてしまうつもりだった。

空地は七十坪ほどの宅地だったが、地価の値下がりした今、手放すつもりはなかったし、舗装して駐車場にでもしてしまえば、死体は永久に発見されないだろうと思ったのだ。

ただ、死体を埋めるときが問題だった。穴を掘っているのを目撃されたら、不審を抱かれるだけでなく、近付いて来て見ようとするやつがいるかもしれない。

添島は駅前の園芸店でナスの苗を買った。

空地の一隅は、家庭菜園としてトマトの苗が植えてあるはずだった。

遊ばせておくのはもったいないから、と言って、幸江が植えたものだ。

ナス苗を植えていると思わせればいい。

さいわい空地は、人の通る道路からは二十メートルほど離れているし、穴につき落とす瞬間さえ目撃されなければ不審を抱かれることはないだろう。

人通りがないのを確認してから、穴を掘る場所を隠すようにバンを停めた。

空地の端に、捨てられた冷蔵庫と洗濯機があるだけで、人のいる様子はない。

添島は、スコップを持って車から出た。

思ったより土は軟らかく、深さ一メートルほどの穴が一時間ほどで掘れた。横幅も人ひとり埋めるには充分だった。

途中、主婦らしい四十年配の女が犬の散歩に通ったが、道路からナス苗を見て、納得したような顔で行ってしまった。

添島は、穴の端で、布団袋のジッパーを開けると死体を中に転がり落とした。そして、いそいで土をかけた。

新しい土の上に十本のナス苗を植えた。これで掘り返された土も、不自然ではない。

丈《たけ》十センチほどのナス苗は、紫の葉を頼りなげに風に震わせていた。

(妙なやつだな……)

濃い紫の葉は、黒といったほうがよかった。こんな色をしている植物は他にはあるまいと思った。

その黒苗《こくびょう》は、青々とした葉をつけたトマトの苗にならんで、不幸の象徴のように見えた。

5

添島は、靖子を運んだバンで自宅を出た。空地のそばまで来ると、少しスピードを落とし、運転席から死体を埋めたあたりに目をやった。

ない！

ナス苗がなかった。添島は慌《あわ》ててブレーキを踏んだ。

すでに死体は掘り出されたということか！

しかし、掘られた穴も張られたロープもなかった。荒れた感じがまったくないのだ。

添島は細い雑草地に車を乗り入れた。以前死体を埋めたとき、そうしたように空地のすぐ脇まで近付いてみた。

いや、そこに、ナス苗はあった。

どの苗も萎れて、黒い布屑《くず》のように土に伏していた。あたりの土は乾ききっている。

そうか……！

あのとき、苗を植えただけで、水をやるのを忘れてしまったのだ。

添島はほっとした。ナス苗がそのまま残っているということは、死体もそのままということだ。

この乾いた土の下で、女の死体は、すでに腐りかけているのかもしれない。

地上の萎れた黒苗が、地下の死体の様子を伝えているようでもあった。

そのとき、自分自身が喉の渇きを覚えたせいもあったのだが、添島は、水をやろうと思いたった。このまま、ナス苗が萎れて枯れてしまうのはたまらなかった。苗が水を得て、立ち上がり、黒い葉を茂らすことで、死んだ女も自分もいくらか救われるのではないかと思ったのだ。

その翌日も翌々日も、伝言板に犯行を暗示するようなことばはなかった。

殺害後、十日たつ。添島は連日、大宮市内の雀荘や溜まり場である『サクラ不動産』へ入り浸《びた》っていた。

気になって、伝言板を見ずにはいられなかったし、大宮駅に出向けば、足は自然に一時《いっとき》でもそのことを忘れさせてくれる麻雀仲間のところに向いたのだ。

飯も食わずに、徹夜することも多かった。女房に負けないくらい頬がこけ、隈取《くまど》った目を落ち着きなくきょろきょろさせていた。

しかし、不思議なことに麻雀はバカ勝ちした。ツキばかりではなく、どうなってもかまわねえ、という捨てばちな度胸が、相手を威圧した結果かもしれない。

「添島よ、最近やけにノッてるじゃあねえか」

めずらしくヘコんだ朝倉が、一万円札を出しながら、いまいましそうに言った。

すでに朝倉の借金は埋めていた。今日勝った分は、いくらか手元にはいる。

「俺だって、たまには、いいこともねえとな。やってられねえやな」

そう言いながら、添島は受け取った金をポケットにねじこんだ。

雑居ビルの二階から狭い階段を降りると、ふたを開けたようにからりと晴れていて、朝日が街に輝いていた。まだ早いせいか、駅に向かう乗客の姿は疎《まば》らだ。

そばでも、食ってくか……。

添島はいつもより早足で、駅の階段を上がった。

いつものように伝言板に目をやると、死体、という字があった。角張ったあの字だ！

添島の足が止まる。

乱雑に書きなぐった若者の声の中に、靖子、首、埋めた、ということばがそれぞれ別な場所に書いてあった。

靖子の首を絞めて殺し、死体を埋めた、という意味になる！

(見ている！)

しかも、絞殺現場から、ずっとだ。

今も、その目は俺を凝視《ぎようし》している！

添島の全身から血の気が引き、眩暈《めまい》がした。

「お、おやっさん、そばをくれ……」

駅の構内で倒れるわけにはいかなかった。下手をすれば、そのまま警察に直行ということになる。

とにかく、腹に何か詰めなければ、と思ったのだ。

七味唐辛子をたっぷりかけたそばをかきこみ、出された水を流しこんだ。

いくぶん落ち着いたのもつかの間、すぐに、胃にさしこむような痛みがきた。からっぽな胃袋に、熱いのと、冷たいのを急激に詰めこんだせいらしい。

その痛みを堪《こら》えながら、添島は伝言板の前にもどった。

靖子という字のそばを消すと、チョークを取って、

三時、『紫煙《シエン》』で待つ、添島

と書きなぐった。

『紫煙』は、駅の中央改札口を出てすぐのところにある喫茶店である。何度か、その改札口を通った者であれば分かるはずだった。

相手は警察ではない、と確信できた。相手さえ、分かれば何か打つ手はある。一方的にじりじりと狭められる罠から、なんとか逃げ出さなければ、と添島は思ったのだ。

6

「添島さんですね」

三時が五分ほど過ぎたとき、添島の前に、眼鏡をかけた初老の男が立った。

細い顎、意志の強そうなうすい唇、一目見て、誰だか分かったが、

「あんた、誰だ？」

と訊いた。

「槇野靖子の父親です。伝言板を見て来ました」

眼鏡の奥から刺すような視線を添島に向けたまま、前の席に腰を下ろした。

「そんな女は知らねえぞ」

添島はとぼけた。認めれば、殺害を白状したのと同じになる。あくまでしらをきるつもりだっ

た。

「……」

男は無言だった。

ウエイトレスにコーヒーを注文し、それが届くまでじっと添島を見据《す》えていた。

「……六月三日、靖子は、マンションを見つけに行くと言って家を出たきりもどらなかったんです。友人と旅行に行くとも言っていたので、あるいはとも思ったんですが、三日も連絡がないとさすがに心配になりましてね……」

感情をおし殺した抑揚のない声だった。砂糖を落としたカップをゆっくりかき混ぜながら言った。

「友人の話によると、待ち合わせた場所に来なかったそうです。いろいろ調べると、三日から娘の姿を見たものがいないんですよ。……前から、娘は、池袋《いけぶくろ》や新宿に出るのに便利だから、埼京線の沿線がいい、大宮駅付近では高いだろうから、一つか、二つ手前にすると言っていたのを思い出しましてね。それで、該当する不動産屋を洗い出したんですよ。七軒ありました……」

「なんでそんな話を俺にするんだ。関係ねえだろう」

添島は怒ったように言った。

「ほら、何カ月前か、部屋を探しに行った女子大生が不動産屋に襲われて殺されたって事件があったでしょう。あれを思い出しましてね」

「………！」

「まず、娘の名と死を暗示することばに、七人がどんな反応をするか確かめたんです。あなたのように、伝言板を利用したり、ファックスで送ったり、いつも目をやっている事務所の前のストリップの広告に、落書きのように書いておいたりしましてね……」

男はちょっと話をやめ、コーヒーを口に含んだ。

（やはりそうだ、これは俺を嵌めるための罠だったんだ……）

何も知らないことで押し通したほうがいい、添島はそう肚《はら》を決めた。

「異常な反応を示したのは、あなただけでした。あの日、そば屋の隅でわたしもそばを食べてたんですよ。あなたは、手にした丼から汁が零《こぼ》れ落ちることにも気がつかなかったんですよ」

男はコーヒーカップを置いて、顔を上げた。

「………！」

そういえば、あの日、店の隅にいたサラリーマンふうの男に似ている。

（この男が、俺を、ずっと監視していたのだ！）

「次に、わたしは、あなたに会った娘が、どこでどうなったか、知ろうと思いました。父親としては、これ以上辛《つら》いことはなかったんですが、およその状況は想像できました。……娘は、五、六万の金しか持っていなかったが、二十歳《はたち》の誕生日に買ってやったルビーのネックレスをしていたはずです。金に困っているあなたは、あれを、奪ったに違いないと思いました。……娘は七月生まれでしてね。ルビーが誕生石なんですよ……。まったく、かわいそうな——」

男は、そこでことばを詰まらせた。眉間《みけん》に深い縦皺《たてじわ》がよっている。込み上げてくる感情を必死でおさえているふうであった。

「し、知らねえなあ……」

添島は冷たくなったコーヒーを飲んだ。このまま、男の話を聞いているか、逃げたほうがいいか、迷っていた。

「……わたしが、予測した通り、あなたは、ネックレスを奪ったことを暗示することばに、犯行現場を、目撃されていたと思い、確認のために出かけました。わたしは、後を尾《つ》けて、『緑が丘マンション』が現場であることを知りました」

「……！」

(畜生め、こいつの罠に嵌まって、俺はいいように踊らされていたんだ)

添島はこれ以上、この男と一緒にいるのは危険だと感じたが、すぐに席を立つわけにはいかなかった。その前に確かめたいことがあった。

「それで、なにかい、あんたの言っていることを警察も知ってるのかい？」

と訊いた。

「さあ……」

男は曖昧な返事をした。

「何も、証拠なんざ、ありゃあしねえ。みんなあんたの勝手な空想だぜ」

証拠品《ブツ》は何も残ってないはずだ、死体が発見されていない以上何も心配することはない、この男のペースに嵌まって何か摑まれるほうが危険だ、と思い添島は席を立つ決心をした。

「……そんな勝手な話は聞きたくもねえ。俺は、帰《け》えるぜ」

添島は伝票を摑んで立ち上がった。

「ちょっと、待って！　これから、あなたを案内するところがあるんです」

「案内するって、どこへ？」

「行けば分かりますよ」

男も立ち上がった。その態度には、有無《うむ》を言わせない思いつめたものがあった。

7

駅の西口を出て、五分ほど歩いたところに車が停めてあった。一〇〇〇CCの大衆車だった。

男が先に乗り込んでハンドルを握った。

「どこへ行こうってえんだ？」

添島は助手席に腰を落として訊いた。

「行けば分かります」

男はさっきと同じことを言った。

大宮駅は、地方都市とは思えないほど高層ビルが林立していた。交通量も多く、車はなかなか進まなかったが、国道十七号に出るといくらか流れ出した。与野、浦和《うらわ》方面に向かって進んでいる。

埼京線の与野本町駅の手前で、車は右折した。『緑が丘マンション』の方に向かっている。その先には、死体の埋めてある空地もある。

「あのマンションで娘を殺した後、あなたが死体をどうしたか考えました……」

男は独言《ひとりごと》のように話し始めた。

「その後、どこかへ出かけた様子もないことから、アパートかマンションの空き部屋に隠したか、あるいは、近くの空地にでも埋めたに違いないと思いました。あなたは不動産屋だ。付近に所有している空き部屋や空地はあるはずですからね。……そこで、犬が死体の腕をくわえて来たと連想させることばを伝言板に書きました。あなたは、きっと確かめに行くだろうと踏んだのです」

「………！」

（こいつの狙い通り、俺は、空地に足を運んだってわけだ……）

しかし、傍目《はため》には、家庭菜園のナス苗に水をやりに行ったとしか見えなかったはずだ。

「知らねえなあ……」

添島の声は小さかった。言いながら、背後を振り返って見た。尾けて来る車はなさそうだった。

車は、『緑が丘マンション』の前を通り過ぎた。目的地はそこではないらしい。向かっているのは、空地だ。

この男は、俺に立ち会わせて、娘の死体を掘り出すつもりなのだろうか。

添島は、また後ろを振り返って見た。尾けて来る車はない。

また、喉が渇いてきた！

添島は、舌を出して乾いた唇をなめまわした。

「……空地の掘り返した跡《あと》に、ナスの苗が植えてありました。わたしは、娘が埋められているのは、ここだと確信しましたが、念のため、近くの園芸店をまわり、あなたがいつ苗を買ったか調べました。……あなたは六月三日に駅前の店で苗を買っている。娘の失踪したその日だ。……あなたは、娘を埋めた跡を隠すために、苗を植えたんでしょう？」

ハンドルを握りながら、男はチラッと視線を添島の方に向けた。

「あそこは、家庭菜園だよ。苗に水をやりに行っただけだ」

「ナスの苗は枯れてましたよ。植えて、六日もたってから水をやっても駄目ですよ」

「………！」

そのとき、添島はあることに気がついてギョッとした。

最後に見た伝言板には、首を絞めたという意味のことが書いてあったではないか。死体を掘り出して、首の痕跡を見ないことには分からないはずだ。

(すでに、死体は、掘り出したのだ!)

車は急にスピードを落として、道路端に停まった。徒歩で二十メートルほどのところに空地がある。

「着きましたよ……」

男は先に降りて、空地の方に歩き出した。

あたりには誰もいない。

空地は新たに掘り返されたらしく、大きな穴が空き、そばで土が小山になっていた。幾つかのナス苗が捩《よ》じれた黒い紐《ひも》のようになって捨てられていた。付近にはおびただしい靴跡もある。

「何で、俺を、こんなところに連れて来たんだ?」

死体を掘り出したのは警察だろうと思った。警察が捜査している以上、自分が疑われるのも時間の問題だろうと思った。あるいは、この男の情報は逐一《ちくいち》警察に届いているのかもしれない。言い逃れる術《すべ》はないだろう。早く逃げなければ……。

「一つだけ、お願いがありましてね」

男は添島の行く手を阻《はば》むように立った。

「願いだと?」

「娘のルビーを返してください。あなたのような卑劣な男に、持ってられると思うと我慢がならない」

突然、男の顔に激しい憎悪の表情が浮かんだ。

(この顔だ!)

と思った。

あのとき、靖子が浮かべた表情と酷似している。この表情のために俺は、娘の首を絞めたのだ……。

「警察に逮捕される前に、娘の形見を返してください」

男は手をつきだした。怒りのために、細い腕がぶるぶると震えている。

「し、知らんな……」

添島は後ろを向いた。

(そうか!)

これが、最後の罠だ、と添島は直感した。

死体を掘り出したが、俺と繋げる確かな証拠が出なかったのだ。残されたのは、俺があの女から奪い取ったネックレスなのだ。俺からそれを出させ、確証を摑んだ後で、逮捕させる肚なのだろう。

(警察の捜査は、それほど進んでいないのかもしれんぞ……)

犯行を暗示することばを、伝言板を使って伝えるなどという方法を警察が考えるとは思えなかった。

この男が、単独で勝手に動いているだけなのかもしれない。その証拠に、今、ここで対峙しているのは、俺とこの男だけだ。

「暑いですなあ……」

添島はネクタイをゆるめた。

父親は、靖子のように、風が出てきた、とは言わなかった。ただ、憎しみのこもった目で、添島を見返しただけだった。

今ここで、この男を絞め殺し、娘を掘り出した穴に埋めてしまったら、俺と女の死体を繋げるものは何もなくなるのではないか、添島はそう思いついたのだ。

あたりに人影はない。大人一人埋めるに、ちょうどいい穴も目の前にある。

「こんなになっちまって……」

添島は、萎れきった黒苗を拾いながら、男の背後にまわった。手にした黒苗を捨て、はずしたネクタイを両手でしっかりと握りしめる……。

(まるで、あのときの再演だ)

と思った。

そのとき、空地のそばに捨てられた冷蔵庫の陰から二人の男が姿を現わした。そして、そろそろと添島の背後に忍び寄って来た。

そば屋にいたがっしりした体軀の若い男と、サラリーマンふうの中年男。大宮署の刑事である。

もちろん、添島は、この再演こそが最後の罠であることに気付いてはいない。

日下圭介

攫《さら》われた奴

著者・日下圭介《くさかけいすけ》
一九四〇年、東京生まれ。早稲田大学卒業後、朝日新聞社に入社。七五年『蝶たちは今……』で、江戸川乱歩賞を受賞し作家活動に専念。意表を衝くトリックと軽妙な物語展開が読者の支持を得る。八二年、日本推理作家協会短編賞を受賞。著書に『密室・十年目の扉』など。

1

カーテンの透《す》き間からのきつい光が、舟尾亮司《ふなおりようじ》の覚め切らぬ目を射《い》た。ブザーが鳴り続けていた。それが眠りを破ったのだ。

時計を見ると、正午をだいぶ回っている。ブザーのボタンは店の玄関のシャッターに付いている。誰かが訪ねてきたに違いないが、いったい誰だろう。カーテンを開けて、下を見下ろした。店の前に赤いパラソルがたたずんでいた。傘が邪魔で、顔までは見えないが、女であることは確かだ。

客だろうか。しかし亮司が働いている大衆料理の店が開店するのは、午後五時からだ。いくらなんでも早すぎる。パートの従業員か。それにしても早い。彼女たちの出勤時間は四時ということになっているが、それすら守るものは少ない。

ブザーは鳴り続ける。いら立ったように鳴り続ける。ともかく亮司は起き上がった。考えている場合ではない。忘れ物でも思い出した客かもしれない。大事なお得意さんかもしれない。パンツの上にジーパンだけはいて、急いで階段を降り、シャッターを開けた。そしてぽかんと口を開けた。

「なんだ、お前」

真夏の昼の、白っぽい陽光がアスファルトを焦《こ》がしている。安っぽいワンピースを着た三十半ばのその女は、杵子《きねこ》だった。

「何しに来たんだ」

ぞっとするものを感じながら、訊《き》いた。

「何しにはないでしょ。用があるから来たのよ。……暑いわねえ、死んじゃいそう」

「何の用だ」

杵子は、ふんと小鼻に皺《しわ》を寄せて笑い、

「分かってるくせに。……入らせてよ。外じゃ暑くって」

と、亮司の返事も待たずパラソルをすぼめ、半分開いたシャッターをくぐろうと中腰になった。亮司は押し止めようと思ったが、諦《あきら》めた。そんなことをすれば大声で喚《わめ》き立てるに違いない。そういう女なのだ。周りの商店はとうに開いていて、けっこう人通りも多い。みっともないことになるだろう。

「ふうん、わりといいお店じゃない」

勝手に入った杵子はじろじろ見回しながら、呑気な声を上げた。

「二階へこいよ」

彼女の腰を押し上げるようにした。

「こんなとこに住んでたの。よく住んでられるわね、こんな暑い部屋に」

六畳の部屋に入るなり、窓をいっぱいに開け放ちながら、杵子が顔をしかめた。

亮司はここに住んでるわけではない。店の営業時間は午前一時までとなっているが、最後の客が引き上げるのは、それよりだいぶ遅くなるのが普通だ。それから後片づけをして、仲間内で夜食でも取ると、この季節、アパートに帰ると夜が明けている。そんな時は、この部屋に泊まることにしているのだ。店長が認めている、というより、むしろ喜んでいるようだ。用心にいいし、昼間宅配便でも届いた場合、都合がいいからだろう。

しかしそんな説明を、杵子にする必要もない。

亮司は慌てて薄い布団《ふとん》を丸めながら、「おれがここにいるって、どうして分かったんだ」

「うちに来るお客さんが、教えてくれたのさ。あんたをここで見た、って」

杵子も屋台に毛のはえたような小料理屋をやっている。「逃げたって、隠れたって無駄よ。どうせ分かっちゃうんだから」

窓の縁《ふち》に腰を掛けて、深々と脚を組んでいた。腿の、ずいぶん上のほうまで剝《む》き出しになった。

「どのくらいになる」

「何が」

「お前と別れてからさ」

「逃げてからっていうんじゃないの。……一年九カ月よ、あんたが逃げたの、おととしの秋だったもの」

「何の用で来たって？」

「言わなくたって、分かってるくせに」

真っ赤に塗った唇に、メンソールのたばこを挟んで、皮肉っぽい笑《え》みを浮かべた。「お金、返してよ」

「待ってくれ」

「いつまで待つのさ。もうずいぶん待ったよ」

「顔洗ってくる。起きたばっかりなんだ」

亮司は洗面所で、顔を洗い、ゆっくり時間をかけて歯を磨いて戻った。杵子は同じ格好で、はだけた胸に扇子《せんす》の風を送っていたが、

「ねえ、返してよ六百五十万円。利息はいいからさ」と、扇子を突き出した。

「ないよ、そんな金、おれには」

「ないじゃ済まないわよ。あたしにとっちゃ大金なんだから。必死になって貯めた金なんだから。おかずも車代もけちって貯めた金なんだよ。それをあんたが、いい話があるからって、騙《だま》して……」

「騙したわけじゃないさ。うまい話があったのは本当なんだ。だけど事情ができちまってさ」

「言い訳ききに来たんじゃないよ。返してくれればいいんだよ。……返してよ」

たたきつけるように言った。顔が引きつって、細い目が吊《つ》り上がっていた。

「文無しなんだよ。そうでなきゃ、こんなとこで働いてるもんか」

「ないじゃ済まないわよ」

杵子は繰《く》り返した。唇が震《ふる》え、挟んだままのたばこから、灰がこぼれた。たばこを外《はず》して、荒い声を吐き続けた。「あたしいま、命が懸《か》かってんだよ。お店うまくいかなくて、借金しちゃってさ。今月末までに返さないと、お店取られちゃうんだよ。八百万円。六百五十万円返してよ。そうすれば後はなんとかなるから」

「百八十万円ぐらいなら、なんとか……」

「あたしが要《い》るのは六百五十万円よ。耳を揃えて返してよ」

「できるだけ、頑張ってみるけどさ」

「できるだけじゃ困るんだよお。絶対に返してもらわないと困るんだよお」

首を激しく左右に振り、ありったけの金切り声をぶつけた。目から涙が溢れていたが、拭《ぬぐ》おうともしなかった。「返さなかったら、裁判にでも訴えるからね」

「出よう」

亮司は慌てて彼女の手を取った。窓際で喚かれたのでは、そこらじゅうに聞こえてしまうだろう。

濃紺の空に、純白の入道雲が沸き立っていた。

亮司は小さな公園の、ポプラの木陰のベンチに仰向《あおむ》けに寝そべっていた。

杵子には結局、金を返すと約束をさせられてしまった。負い目は自分のほうにある。それは否定のしようもない。言い返す言葉がなかった。

杵子はカウンターだけの店をやっており、亮司が板前として働いていた。二人だけの店だった。いつしか亮司は、四つ年上の杵子と一緒に暮らすようになった。二人の夢は、もう少し大きな店を持つことだった。ある時亮司に耳寄りな話が届く。店を、破格の安値で売りたがっている人物がいるというのだ。下見してみると、夢に思い描いていたような、理想的な店だった。

手付け金は一千万でいいという。洗いざらいはたいて、杵子が八百万出し、亮司が二百万こしらえた。交渉は亮司が引き受けることになった。ところが思いがけず難航した。売り手の親族から反対する者が現われたり、もっと有利な条件で買いたいという者が出て来たりしたのだ。ああだこうだと交渉しているうちに、数カ月が過ぎ、結局は徒労に終わったのである。

杵子は、まるで亮司の無能さに原因があるかのように、口汚くなじる。亮司は爆発しそうになるのを、こらえるのに苦労した。彼女に泣きっ面《つら》をかかせてやろうと考えた。もともと好きで一緒になったわけでもない。別にいい店があるからと甘い顔をして見せ、百五十万だけ返して、姿をくらましたのだった。百五十万円返したのは、杵子の警戒心をやわらげるためと、自分の気持ちの負担をいささかでも軽くしたかったからだ。ようするに小心なのだ。

だから返せと罵《ののし》られても、頭を垂《た》れるしかないのだ。むろん返せる当てなど、ありはしない。彼女から掠《かす》め取った金は、車とギャンブルで、あらかた消え、いま残っているのは百八十万円ほどだ。彼女の借金の返済期限は、今月、七月の末までだという。あと二週間しかない。どうあがいてもとても無理だ。

ついさっき、ここで杵子が言った言葉が、胸に突き刺さったままだ。こう言ったのだ。

——もしだめだったら、覚悟しておいてね。あたしは覚悟してんだから。死んでやる、って覚悟だよ。だって、それしかないんだもの。あたし一人で死なないよ。あんたを道連れにするからね。……覚悟してね。

そう言った時は、妙に低い声だった。

子供の悲鳴が、亮司の取りとめのない思いを消し去った。

公園の一角に、子供の水遊びのために造られた小さなタイルの池がある。中央の噴水が虹を描いていた。池の中に五人の子供がはしゃいでいた。

泣き叫んでいるのは、そのうちの一人だった。子供たちはパンツ一枚の裸だったが、ひときわ小柄なその子だけは、シャツも着、靴まで履《は》いている。その子は、ほかの子供たちから、水の中に転がされていた。起き上がろうとすると、また転がされる。むろん全身ずぶ濡れだった。水の深さは子供の腰ほどもないが、執拗《しつよう》に沈められているうち、だいぶ水を飲み込んだらしい。咳《せ》き込み、泣き声にげえげえと濁音が混じっていた。

しかしほかの子らは、止めようとはしない。鳥の鳴き声に似た歓声と笑い声を上げながら、寄ってたかって倒し続ける。タイルに苔《こけ》でも付いているのか滑《すべ》りやすいらしく、小さな子供は弱りはててふらふらしているので、ちょっと突くだけで、簡単にひっくり返る。小さな子が立つこともできず、うずくまっていると、襟首をつかんで、顔を水の中に押し込まれる。

いつまで続けるつもりか。

亮司は、わきの下に鳥肌の立つ思いがした。

「止めろ、こら」亮司は口を両手で囲んで叫んだ。「止めんと、警察を呼ぶぞ」

裸の子供たちは一瞬硬直したように、亮司のほうを見据えた。血相を変えた亮司が足早に近づいてゆくと、口々に何か叫びながら逃げ去った。

おかっぱ頭の小さな子供だけが残った。水の中にしゃがみこみ、両手の甲《こう》を目に当てて泣きじゃくっていた。

「上がっといで」

声を掛けたが、動こうともしない。亮司はズボンのすそをまくって入り、抱きかかえて出した。

「うちはどこなんだ。おじさんが送っていってあげるよ」

繰《く》り返し声を掛けたが、自分の泣き声で聞こえないのか、よほど動転してるのか、答えようとはしない。亮司も困惑したが、とりあえず自分のアパートに連れて行くことにした。ずぶ濡れだし、あちこちすり傷を負っているようなので、放ってはおけない。それにこのまま離したら、またさっきの連中にいじめられるかもしれない。

亮司のアパートは、子供の足に合わせてそこから十五分ぐらいのところだった。貧弱なモルタル造りの一階の一室が、彼の部屋だった。

ふろ場で裸にして体を拭いてやり、濡れたシャツや半ズボンや下着を、窓の外に掛け、カップヌードルを二つ作って、ひとつを子供に食べさせた。

料理屋に出なければならない時間になっていた。だが子供の衣類は、まだ乾いていない。

「おじさんは仕事に行くからな。服が乾いたら、帰りな。あいつらに見つからんようにしろよ。なるべく人通りの多い道を帰れ。もし見つかったら、誰かに叫ぶんだぞ。助けてってな」

おかっぱは、こくりと頷《うなず》いた。

「近くに交番があったら、お巡りさんに言うんだ。それが一番いい。お巡りさんは、悪いやつをとっちめてくれるからな。いまの公園のすぐ脇に、交番があったんだぞ。お巡りさんを呼べばよかったんだ。これからそうしろ」

そう言って部屋の鍵を渡し、ドアの外にある植木鉢の下にいれておくように言って出た。子供は一言も口をきかなかったが、最後に、うんとだけ言った。

亮司はいまの店を辞めようと考え始めていた。あの店にいる限り、杵子から逃れられない。まず職場を変えることが先決だ。といっても亮司が持っている技術らしいものは、板前の経験ぐらいしかない。

そう考えて、板前仲間などに当たってみたが、色よい反応はなかった。

アパートを引っ越す必要もあるが、それは急ぐことはないだろう。杵子に住所は教えていないし、店の者に訊いたところで、正確に知っている者はいないはずだ。それに引っ越すのは簡単だ。六畳一間に住んでるのだから、家具とてろくにない。自分の車に積めるだけ積んで、あとは捨てて行っても惜《お》しい物もない。

2

三日ほど過ぎた。仕事が終わってアパートに帰ったのは、午前二時前だった。これでも早い方だ。だが足を動かすのも辛いほどの疲れを感じていた。

真っ暗なアパートの前に自転車があった。子供用の自転車なので、いささか怪訝《けげん》に思った。このアパートは、ほとんど独身者ばかりで、子供はいないはずなのだ。泥よけに名前が書いてあるようだが、暗くて読めない。

部屋に近づいたとたん、ドアが開いたので仰天した。

「おじさん」

出て来たのは、おかっぱ頭の例の子供だった。

「どうしたんだ、お前」

「うちの前に、あいつらがずっといて、帰れないの」

部屋の鍵は落としたりしないよう、植木鉢の下に隠して出ることにしている。この間それを教えたから、知っていたのだろう。

「あいつらって、この間、公園の池でお前をいじめてた子らか」

「うん」

「ひどいやつらだな」

「仕返ししてやったよ」

「何をやったんだかしらんが、よくやった。男の子なら、やられたらやり返すんだ」

子供の頭を撫でてやった。

「うん、そうだよね」

子供はにやりとした。初めて見せた笑顔だ。しかしすぐに視線を落として、「だけど、あいつら怒って、こんど捕まったら殺されちゃう」

真顔で言った。

「いつからここにいるんだ」

「お前、いくつなんだ」

「夕方からだって？」亮司は呆れた。「お前、いくつなんだ」

「九つ」

「おまえの名前は。家はどこなんだ。家の電話番号は」

立て続けに訊いた。だが、子供はすねたようにうつむいて、黙り込んでしまった。亮司は部屋に上がり、冷蔵庫の缶ビールを出して、喉に流し込んだ。いずれにしろ、こんな深夜じゃどうしようもない。あと二、三時間もすれば、夜が明ける。それまで待つしかあるまい。とにかくいまは、へとへとに疲れている。

「寝ろよ」

布団を敷いてやり、自分もビールとさらにコップの冷や酒を飲み終えてから横になった。

「おじさん」

肩を揺すられて、目を覚ました。驚いたことに、時計の針は正午をだいぶ回っていた。

「お前、まだいたのか」

「うん、おなかすいちゃった」

亮司はパンと牛乳を出してやり、「食ったら家に帰れ」

「いやだ」

「どうしていやなんだ」

「いじめられるもの」

「うちじゃ心配してるぞ。電話番号ぐらい教えろ」

「ないよ、電話なんか」

固い顔になって、首を振る。よほど何かに怯《おび》えているようだ。亮司はふとあることを思いついた。

「表の自転車は、お前が乗って来たんだな」

子供は頷いた。

自転車に名前と住所が書かれていた。ずいぶん遠くの町名だった。輝本弘《てるもとひろし》とあった。そのまま近くの電話ボックスに入った。部屋にも電話はあるが、掛けると子供が嫌がるような気がした。先方の電話番号は、電話帳に出ていた。掛けると、まるで待っていたように女の声がすぐに出た。

――はい、輝本ですが。

どこか切迫したような響きがある。

「お宅の弘君が……」

それだけしか言わないうちに、

――弘がどうかしましたか。

「家にいる。私が預かってる」

「名乗るほどの者じゃない」

——どなたですか、あなたは。

——弘を返してください。お金なら出しますから。

母親らしい女が、引きつった声でそう言ったので、亮司は驚いて、受話器を握り直した。彼女は、誘拐犯と間違えているのだ。咄嗟《とっさ》に次の言葉が出なかった。

——もしもし、もしもし……。

女は泣きそうな声で繰り返した。

——弘を無事に返してくだされば、お金はいかようにも……。

「また後で掛ける」

そう言って受話器を置いた。

コンビニエンスストアで、インスタントのカレーや焼きそば、菓子パンやアイスクリームを買い、部屋に戻ると、子供はテレビを見ていた。

「家に帰る気にならないのか」

「ここのほうがいいもん。ぼく、おとなしくしてるから、いさせてよ」

「これでも食ってろ」

アイスクリームを渡すと、ぼく大好きなんだと、初めてはしゃいだ声を上げた。亮司はたばこに火をつけて、畳の上に大の字になった。

「ねえ、おじさん、あの自転車さあ」子供が声を掛けた。

「うるさい、いま考え事してるんだ。おとなしくしてるって、言ったばかりじゃないか」

実際考え込んでいた。三時間以上も考え続けたが、名案は浮かばなかった。しかし結論だけは出た。

誘拐犯になってやろうという結論である。

職場の料理屋に向かう途中、電話ボックスから輝本に掛けた。またすぐに女が出た。

「一千万円用意しておけ。分かってるだろうが、警察なんかに言うんじゃないぞ、子供の命が惜しいならな」

精一杯すごんだ声を受話器に叩き付けた。

――分かりました。おっしゃるとおりにします。お金はどうすればいいんです。

また連絡するからと言って、亮司は切った。考えついていないのは、金を受け取る方法だった。ボックスを出て首筋の汗を拭った。午後の陽光が、容赦《ようしゃ》なく照りつけていたが、汗はそのせいばかりではなかった。しかし同時に、笑みも込み上げてきた。うまくいきそうな気がする。ようやく運が向いてきたと感じた。

深夜遅く帰ると、子供はまだいて、薄い布団を蹴散らして元気な寝息をたてていた。眠らずに考え続けていた亮司が、自分の膝を叩き、忍び笑いを漏らした時は、空がすっかり明るくなっていた。

実行は夕方まで待つことにした。明るい間は危険だ。それに少々準備することもあった。幸いこの日は、店の定休日で仕事がない。

西の空を血の色に染め上げて、夏の日が沈み始めていた。

倒産した工場の敷地に、夏草が生い茂《おしげ》っている。胸まで届くほどだ。それをかき分けるようにして、亮司は進んだ。工場のコンクリートの外壁に、錆《さび》ついた鉄の階段がへばりついている。所どころに踊り場があり、二つ目の踊り場に立つと、だいぶ遠くまで見通せた。ごみごみとした民家の屋根、その間を流れる水路の黒っぽい水の輝き、それに面した細長い公園……。

亮司は満足してにやりと笑い、肩に掛けていた双眼鏡を目に当てた。公園の柳の木に、灰色の犬が鎖で繋がれているのがはっきりと見える。犬の首輪に、小さな革袋が付いているのも見えた。またにやりとした。

毛並みは灰色なのに、クロという名の犬だ。アパートの近くに、八十近い老婆がやっているたばこ屋がある。その老婆の犬である。老婆は散歩に連れ出すのも辛くなっているので、亮司がときおり遊んでやっている。クロも彼にすっかりなついていた。水路沿いの公園や、対岸の、この工場はクロの好きな散歩コースだった。

クロは大きな犬だが、おとなしく、そして小心だ。いまも亮司を捜すように、おどおどと周りを見渡している。心細くもあり、空腹も感じているはずだ。だが、吠えたりはしていない。雑種だが利口な犬でもある。

亮司はたばこをふかして、さらに時間をつぶすことにした。踊り場の部分には、腰ほどの高さの囲いがあるので、うずくまっていると下から見られることもない。西陽が当たらないし、適度の風もあって、それほど暑くもなかった。

陽が完全に沈み、東の空から闇が訪れ始めた。頃合いはよしとみて、ポケットから携帯電話を取り出した。昼間、店の同僚から借りておいたものだった。

相手の番号をプッシュした。男の声がすぐに出た。

――私だ。輝本だ。

「いまどこにいる」

――バス停だ。あんたに言われたところだよ。

「金は持ってるな」

――ああ、約束どおりだ。

「よし、それなら、右手にガソリンスタンドが見えるだろ。その先を曲がってまっすぐ進むと、水路に突き当たる。小さな橋が架かっているから、そこまでこい。一人でだぞ。そして橋の上で立っていろ」

――分かった。

相手も携帯電話である。けさ電話して、携帯電話を用意しておけと言うと、すでに持ってるという返事で、番号も聞き出していたのだった。

その電話から、男が出るようになった。父親だと言ったが、後で考えると怪《あや》しい。「弘君が無事でいるなら、声を聞かせてくれ」と言ったのだ。父親なら、自分の息子に『君』をつけるのは妙だ。刑事かもしれない。それならそれでけっこうだ。刑事が出てくるのも計算の上だ。

五分ほどすると、男が現われ、橋の上に立った。双眼鏡で覗《のぞ》くと、眼鏡を掛けた痩《や》せた男だった。白いシャツに薄茶色のズボンをはき、かばんを手にしていた。暑いのか、しきりに顔をハンカチで拭っている。

亮司はさらに五分ほど過ごした。水路に沿った細い道には人影がない。遊歩道で自動車の侵入はできなくなっているし、涼しい時期なら散歩やジョギングを楽しむ姿も見かけるが、陽は落ちたとはいえ、むせ返るようなこの季節には、そんな粋狂な連中もいない。

男の周りに誰もいないのを確かめてから、また電話のボタンを押した。

——輝本だ。

男が言った。携帯電話を握っている手も、双眼鏡のレンズが捉《とら》えた。

「次にやることを言う。よく聞け。一度しか言わんからな。……水路沿いに公園があるな。そこを水路の上流、右手に向かって歩け。二百メートルほど行くと、柳の木に灰色の犬が繋がれている。犬の首に袋が付いている。その袋に一千万円いれろ。それが終わったら鎖を外してやれ。いいな」

——犬に金をか。

呆れたような、驚いたような声が返ってきた。

「言われたとおりにしろ」

怒鳴るように言って、切った。

男は歩き始めた。途中まで見届けて、亮司は階段を降りた。周りは一段と暗くなっていた。充分な暗さだ。

再び草の中を進むと敷地の突き当たりに出た。金網のフェンスに蔦《つた》が絡《から》みついている。その先に水路があり、向こう岸の柳に繋がれているクロが見えた。近づいてきた男がクロの傍《かたわ》らにうずくまった。暗くてよく分からないが、首輪の袋に札束を詰め込んでいるのだろう。亮司の口元が緩《ゆる》む。クロはおとなしくしているようだ。

男は次に、首輪から鎖を外した。解放されたクロは、嬉しそうにぐるぐる走り回っている。

それを見て、亮司は唇に指を当て、ぴいっと鳴らした。クロを呼ぶ時の、いつもの合図である。クロはワンと一声吠えると、やにわに走り出した。

白いシャツの男は、あっけにとられたように立ちつくし、全速力で走るクロを見送っていた。

水路の幅は七、八メートルほどだが、土管が二本並んで、橋のように掛かっている。クロはその上を駆け渡り、フェンスの裂け目から敷地の中に駆け込んできた。

亮司も草の中を走り、工場の脇に隠しておいた車に潜り込んだ。走ってきたクロを乗せると、発車させた。そして大声で笑った。

やったやった。大成功だ。

これで杵子に金を渡せて、まだ余る。

あの男や、男の周辺に、ひそかに刑事たちが潜んでいたとしても、どうしようもあるまい。そいつらに、あの水路を素早く渡る方法がないのだ。橋はだいぶ離れた場所にしかない。丸い土管を渡るのも無理だろう。クロは得意だし、大好きだが。

首輪から袋を外し、たばこ屋の老婆にクロを返した。月極めの駐車場に着いてから、車の中で革袋を開けてみた。

その瞬間、緩みっぱなしだった顔が強張《こわば》り、口がだらしなく開いた。

革袋に詰まっていたのは、一万円札の束ではなかった。サラリーマン金融のちらしの束だった。

3

「いったい何の真似だ。おれをばかにしてるのか」

亮司は車の中で、携帯電話に向かって吠えていた。相手はむろん輝本である。

——ああ、ばかにしてるさ。だってお前はあほだから。

男のせせら笑いが、耳に刺《さ》し込んだ。

「子供が、弘がどうなってもいいのか」

——いいさ、どうにでもしてくれ。

「なんだと。……殺してもいいんだな」

——どうぞ。弘は夕べから家にいる。いま、ここで漫画読んでるんだ。勉強しなくて困る。

「どういうことだ」

——どういうことだろうね。きのう、女房が外出先から帰ってきたら、風邪をひいて寝ているはずの弘の姿がなかった。女房が心配してるところに、お前さんからの電話だ。おれが預かってるとかって、言ったそうだな。誘拐されたと思いこんでるところに、弘はひょっこり戻ってきたんだ。風邪が良くなって、塾の友達のところでテレビゲームに夢中になったり、ご馳走になったりしたそうだ。呑気な話だよな。

男は声を上げて笑った。亮司は口をぽかんと開いたまま、電話機を握りしめていた。

——女房は、もちろん警察に届けていたよ。刑事が来た。弘が帰ってきたのはその後だが、お前のやったことは立派な犯罪であることには間違いない。刑事がそう言うので、おれは言われるままに手伝うことにして、お前の言うとおりのことをしたってわけさ。お陰で面白《おもしろ》かったよ。テレビドラマに出演したような気分でね。……礼を言ってもいい。ありがとうよ、このあほう。警察は意地でもお前を捕《つか》まえてやる、っていってるぞ。このあほう。

よろめくような足取りでアパートに帰った。子供は、無邪気に鼻歌を歌いながら、わら半紙に漫画を描いていた。

「お前はいったい誰なんだよ」亮司はおかっぱ頭を揺さぶった。

「………」子供はきょとんとした丸い目で見上げる。

「輝本弘じゃないのかよ」

「違うよ」

「だって、あの自転車に、そう書いてあるじゃないか」

「あれ、ぼくのじゃないよ」

「だってお前が乗って来たって、そう言ったじゃないか」

「乗って来たけど、ぼくのじゃないよ。弘って子のを、盗んじゃったんだ。あいつ、ぼくをいじめてばかりいるからさ。その仕返しに……」

「どうして、それを早く言わん」

「言いかけたじゃないか。そしたらおじさん、考え事してるから黙ってろ、って」

泣き出しそうな顔になったのは亮司のほうだった。舌打ちをして、子供の頭を突き放し、「お前の名前を言ってみろ」

「昌彦《まさひこ》っていうの。有木《ありき》昌彦」

「家はどこだ」

昌彦は答えた。だが素直だったのはそこまでで、あとは激しく首と腕を振り、「ぼく、帰らないよ。ぼく帰らないよ」と繰り返し、そして突然、「おじさん、舟尾っていうの？」と、尋ねた。

「そうだよ、それがどうした」

「さっき電話があったよ」

「誰から」

「知らない、女の人だった。ぼくが出たら、あら間違えちゃったとかいって、切れちゃって、また掛かってきたんだ。舟尾さんですか、って」

「何て答えたんだ」

「違います、って言っちゃった。だっておじさん、舟尾っていう名前だって知らなかったんだもの」


夜に入って雨になった。ぼそぼそとだらしなく降る雨で、澱《よど》んだ空気はかえって蒸し暑さを招くようだった。

骨の折れた傘の下で、亮司はぶすぶすと怒りがくすぶるのを感じていた。とんでもない勘違いから、身代金を奪い損《そこ》ねたことへの怒りだった。もとよりそれをぶっつける相手はいない。自分にぶつけているうちに、怒りを晴らす方法を思いついた。

やり直すのだ。

有木という家から、身代金を奪えばいい。輝本に対したのと同じ方法でいいだろう。だが、有木の電話番号が分からない。昌彦に訊いても、電話なんてないと言い張るばかりだ。電話帳を繰《く》ってみたが、彼のいう地名に有木という名は載《の》ってなかった。電話を持っても、電話帳に載せたがらない人がいるのは珍しいことではない。亮司も載せていない。なんとなくそう考えて、別のことに思い至った。

留守中に女から電話があったと、昌彦が言っていた。杵子ではないか。電話番号を知らないはずだが、勤め先の料理屋にでも訊いたのかもしれない。料理屋には住まいの所番地までは言ってないが、店長に電話番号は話してある。急用の時に備えてだ。

そう考えて、ぞっとした。

杵子も焦っているのだ。彼女の借金返済期限まで、あと十日もない。何とかしなければ……。それにはやはり身代金だ。手っ取り早いのはそれしかない。

有木の家の電話番号が分からないなら、家の様子ぐらい見てこよう。連絡手段はそれから考えればいい。そう思って出てきたのだった。

薄暗く、せせこましい路地に入っていた。ポケット地図と住居表示を頼りに歩いたが、同じところをぐるぐる回っているような気がする。どこも似たような、貧相なたたずまいだ。通りがかりの人にでも訊けば分かるかもしれないが、後々のことを考えると危険な気がする。

靴が泥だらけになり、シャツの背が汗で滲み始めた。

それでもなんとか、昌彦が話した番地に近づいた。そしてようやくその番地を捜し当てたのは、さらに二十分ほど後だった。もう十時を回っていた。

その建物を見て、亮司は一瞬肩を落とした。

小さなアパートだった。亮司のアパートも相当なおんぼろだが、それよりもっとひどい。朽《く》ち掛けたような木造の二階建てだった。とにかく覗いてみた。

一階は五部屋で、その中に有木という表札はない。軋《きし》む階段を上った。二階も五部屋で、順に見ていった。有木の表札はなかったが、一番端のドアに紙切れが張られていた。名刺らしく、表札代わりらしいが、小さい上、暗いので読み取れない。留守なのだろうか。小窓から漏れるはずの光もない。

亮司は使い捨てのライターの灯をともした。

「なにしてるのそんなところで」

背後で声がした。ぞくりとして、跳び上がるように体を回した。女が身構えるようにして立っていた。太った中年の女だった。

「ここ、有木さんの部屋ですか」亮司は無理やり笑顔をつくった。

「そうだけど。あんた何してんのさ。火なんかつけて」

「いえ、あの名刺が読めなかったもんで」

「ふうん」女はまだ、訝《いぶか》しげに睨みつけていた。「このへん、最近わけの分からない放火が続いてるからね。あんた誰」

「教育機器のセールスに歩いてるんです」咄嗟に言った。ごく短い期間だったが、亮司は実際教育機器のセールスをしたことがあった。「有木さんのお宅に、昌彦君という子供がいるってお聞きしたもんで……」

すると女は急に笑い出した。「あの子に教育機器、買わせようって言うの」

「なにかおかしいですか」

「牛に指輪売りつけるようなもんじゃないの」

「どうしてです」

「教育なんてのに、一番縁のない子だもの。小学校さえ、ろくに行ってないみたいだよ」

「お金はありそうでしょうか、有木さんのお宅ですけど」

営業的な笑みを浮かべて言った。

「ありっこないでしょ。あればこんなとこに住んでるもんかねえ。……だけど、志津枝《しづえ》さん、男がいるようだから、案外ひょっとして……」

「志津枝さんて……」

「昌彦のお母さんだわよ」

「男がいるって言うと？」

「そんなこと、いちいち訊かないでよ。時々夜来て、朝帰っていく男がいるのさ。喚き合ってるような声や、志津枝さんの泣き声が、隣りのあたしのところまで聞こえたりするよ。ゆうべだってそうさ」

「ご主人は？　昌彦君のお父さん……」

「いないよ。死に別れたんだか、離婚したんだか知らないけどね。このアパートに来た時から、母一人、子一人だったよ」

「志津枝さんはなにをしてるんですか」

「仕事かい。一膳飯屋だよ。よく働いてるよ。朝のうちに出て、帰って来るのはまず午前様だから。バス通りに出て、コンビニの横の通りを入ると店があるよ。だけど教育機器を売るのはまず無理だね」

女はまた笑った。

4

ガラス戸が二枚ばかりの店だった。カウンターとテーブルが二脚。壁に張り出されたメニューには、おでん、肉じゃが、冷奴、焼き魚、野菜炒め……。酒も出すらしい。

店に客はいなかった。亮司は覗くだけで引っ込むつもりだったが、ガラス戸を開けたとたん、いらっしゃいませと言われたので、出づらくなってしまった。仕方なくカウンターについて、貝の酢のものと冷やの酒を頼んだ。

カウンターの中に女が一人だけだった。志津枝だろう。三十そこそこだろうか。美人とはいえまいが、下ぶくれの顔と丸っこい鼻に愛敬があった。可愛いと見る者もいるだろう。

グラスを出し、一升瓶の酒を注いでくれた。それを受けながら、「暇なんだね」と、亮司が笑い掛けた。

「雨だものねえ」女は眉をひそめ、たばこに火をつけた。深々と吸い込んだ煙を吐き出すのが、溜め息のように聞こえる。表情は暗かった。

亮司も黙って酒をすすった。立ち去るタイミングが難しい。二杯目の酒になった。志津枝も自分の酒をグラスに取った。雨の音が聞こえていた。

「一膳飯屋なんて、もう時代遅れなのよね」志津枝がぼそりと言った。「コンビニに行けば、おでんだって、弁当だってあるんだから」

「飲み屋にしてしまえばいい。そうすると仕事も夜だけだし」

「いまだってお酒出してるわ。それにこのへん飲み屋多いし」

「こう言ってはなんだけど、もう少し気のきいた料理を出すんだよ。コンビニに売ってるような物じゃなくってさ」

「分かってるけど、そうするには板前さん、いるじゃないの。こんなとこで働いてくれる人、いないもの」

そう言って、また黙り込んだ。二人とも、黙ってグラスを口に運んだ。

がらりとガラス戸が開いて、はげ頭の男が入ってきた。

「茶漬けくれ。その前にビールを、小瓶でいいからな。あんまり飲むと医者に怒られるんだ。情けねえ話さ」

馴染みの客のようだった。志津枝がビールを注いだ。

「昌彦ちゃん、どうなってる」

男が言ったので、亮司は思わず目を向けた。

「まだなにも」志津枝が呟くように答えた。

「三日ほど、伊豆《いず》の方に出掛けてて、きのう帰ったらいないのよ」

「心配じゃねえか」

「ええ、……だけど……」

「だけど、なんだい」

「どこかにいる、って思うの。あの子ほっぽり出して、あたしが伊豆なんかに行ったから、あの子怒ってどこかに行ってるんだって……、そんな気がするのよ。出て行ってやるって、泣きながら言ったこともあるし」

「伊豆って、あの男とかい」

志津枝はそれには答えず、「もう別れるわ。別れてくれって言うのよ。あたしとのこと、奥さんにばれちゃったそうだし。伊豆へ行ったのもその話」

「何年続いた」

「四年半ほど」

「そんなにか」

「しょっちゅう会ってたわけじゃないけど。……あたし熱くなってたの。あたし若い時から人に惚れたことがなくてさ。あれが初恋……。惚れ方、知らなかったのよ」

手酌の酒をすすって言った。雨の音が強くなっていた。

「別れたほうがいいよ。金づるにはなるだろうがね」

「そうすることにしたわ。昌彦もあいつを嫌ってたし、あいつも昌彦を嫌ってたし。やり直すわ、一から」

「そのほうがいい、あんたまだ若いんだし。……ところで警察に届けたかね。昌彦ちゃんのことだが」

「いちおう交番には話したけど」

「きちんと届けたほうがいい。交番なんかじゃ、ただの迷子扱いにされちまうぜ。あした署まで、おれが一緒に行ってやるよ」

ずるずると茶漬けをかき込んで、男は出て行った。亮司も勘定を払って出た。

アパートに帰ったのは十一時を回っていたが、昌彦は自分で作ったインスタントラーメンをすすっていた。

「昌彦、家に帰るんだ」

亮司は立ったまま、声を掛けた。

「いやだよ」昌彦は首を振って、悲しそうな顔で見上げた。

「聞き分けのないことを言うんじゃない。お母さんが心配していたぞ。あした警察に届けるってさ。そうなればおれだって、ただじゃすまなくなる」

「会ってきたの、母さんに」

「会ってきた。付き合っていた男とも別れて、お前と二人でやり直すって、そう言っていたよ」

「ぼくと二人で」

表情が変わった。目が輝いたようだった。

「そうだ、さあ立って。おじさんが車で送ってあげる」

子供は立ち上がった。

亮司は一膳飯屋の少し手前で車を止め、昌彦を降ろした。雨の中を彼が駆け出し、店に入るのを見届けて、引き上げた。

「お金のめど付いたの」

杵子が言った。目が尖《とが》っている。

「いや」

亮司は、魚を下ろす包丁の手を休めずに言った。次の日の午後、杵子は料理屋の調理場まで入ってきていた。

「どうしてくれるのよ。期限までもう十日もないのよ」

「おれだって、いろいろ努力したさ」

「努力なんかどうでもいいのよ。お金返してよ。この詐欺野郎」

バッグを振り回し、金切り声を上げた。

「あんた、止めてくれよ」

彼女の肩を抑えたのは、店長だった。「出て行ってくれよ、ここは仕事場なんだ。お客さんにみっともないじゃないか」

「何回でも来るからね」

杵子は捨て台詞を叩き付けて出て行った。

「なあ、亮司よ、きょうはもう帰んな」

口髭をはやした店長が言った。

およそ殺風景なアパートだが、建物の前にひと叢《むら》のひまわりがあり、黄色い花が、きつい日差しを浴びていた。アパートの入口のわずかな陰になったところに、立っている二つの姿が見えた。大きいのと小さいのと。

「あ、おじさんが帰ってきた」

小さいほうが明るい声を上げた。昌彦である。

「お待ちしてたの」

もう一人は志津枝だった。亮司は二人を蒸し暑い部屋に通し、窓を開け放ち、扇風機を掛けた。

志津枝が畳の上に両手をついた。

「昌彦がすっかりお世話になったとか。親切にしていただいたとか」

「いやあ……」

亮司は照れ笑いでごまかすしかない。親切どころか、やろうとしたことは、昌彦を人質にして身代金を奪おうという途方もない計画だったのだ。

「子供に親切にしていただいた上、こういうことを言うのは、甘えすぎだと思いますけど」

志津枝はきのうとはうって変わって丁寧な口調で、目に真剣な光が見えた。「昌彦に聞きましたが、あなた様は板前をなさってるとか……」

「そうですけど、何か」

「あたしのお店、手伝ってもらえないでしょうか」

亮司はぼんやりとした目を向けた。余りにも唐突すぎた。彼女は続けた。

「一からやり直そうと思うんですよ。夕べ、あなたが言ったように、カウンター割烹みたいにでもしてみようかと」

「しかしねえ」たばこに火をつけた。

「お金ならあります」

志津枝が言った。長距離トラックの運転手をしていた夫は七年前に事故に遭《あ》って死んだが、その生命保険が出ている、ほかに田舎の、父の代からの土地を処分した金もあるという。

「昌彦の将来に残そうと貯金していたんですが、自由に遣《つか》ってくださって結構です。あたしももう一度、人生を賭ける気になったんです。賭けさせてください。このままじゃ、じり貧だから……」

その金額を言った。亮司にしてみれば、意外なほどの大金だった。昨夜、昌彦を帰らせたのも、志津枝のところにとても蓄えがあるとは思えなかったからだったこともある。

「お願いします」

志津枝はまた、畳に手をついた。

「おじさん、ぼくのパパになってよ」

昌彦がいきなり、甲高《かんだか》い声を挟んだ。志津枝は慌てて彼の膝を叩いたが、丸い顔が少女のように赤らんでいた。

「分かりました」

亮司が頷いた。「手伝わしてください。しかし私は借金を抱えてる身でしてね。その返済に、一部を遣わせてください。もちろん月々の給料から返します」

「どうぞ、どうぞ」

志津枝は嬉しそうな笑顔になった。

一週間後の夜、亮司はビルの屋上にあるビヤホールで、一人大ジョッキを傾けていた。街の明かりがきらめいていた。自然に笑みが浮いた。

思いがけない幸運が舞い込んできたのだ。杵子に金は返した。志津枝の店は、亮司の考えどおりに改装することになった。多少高級感のあるカウンター割烹にするつもりだ。すでに大工も入っている。きょうも現場指示をしてきた帰りだ。なにもかもうまく行くだろう。志津枝と結婚することになるかもしれない。たぶんそうなるだろう。彼女もそれを望んでいるようだ。

ジョッキに残ったビールを喉に流し込み、店を出た。かすかな酔いが心地よい。アパートまでゆっくりと歩いた。

暗い中から、突然なにかが跳び出してきた。犬のクロだった。

「クロ」

亮司はかがみ込み、その首筋を撫でてやった。クロはくんくんと、甘えた声を上げ、激しく尾を振った。

「舟尾さん」

太い声がしたので見上げると、二人の男が立っていた。

「警察の者だが、署まで一緒に来てください」

「私が、……いったいなにを」

「誘拐未遂事件があって、その犬が身代金を運んだんですよ。現場に潜んでいた刑事が犬の写真を撮《と》っていた。それを元に聞き込みをやったところ、たばこ屋のお年寄りがあなたに預けたと……」

遠くで花火が、闇空に弾《はじ》けた。

中津文彦

裂けた脅迫

著者・中津《なかつ》文彦《ふみひこ》

一九四一年、岩手県生まれ。八二年『黄金流砂』で江戸川乱歩賞を受賞。以後、本格ミステリーの実力派として歴史推理、社会派推理などで活躍する。主な著書に『闇の弁慶』『「大奥」背徳の殺人』『秘刀』『奥州平泉黄金伝説の殺人』など、多数。

1

磨《み》がき込まれたウィンドーに映《うつ》った自分の顔にふと気がついて、墨田五郎《すみだごろう》は思わず足を止めた。

（ひどい顔をしているな——）

つい呟《つぶや》きが漏れそうになった。

しかめっ面《つら》、というよりは、不平、不満でいっぱいの顔というべきか。眉間《みけん》に深い皺《しわ》を寄せ、口許には今にも罵声《ばせい》を発しそうな憤懣《ふんまん》が漲《みなぎ》っている。何よりもギョッとなったのは、自分の目つきだった。

険《けわ》しい色が溢《あふ》れていた。見るもの聞くものすべてが面白《おもしろ》くない、という目つきだ。苛々《いらいら》と落ちつかない視線が左右に揺れている。思わず足を止めたのも、その視線の異様さに気づいたからだった。

（俺は、いつもこんな顔をしているのか）

墨田は、唖然《あぜん》としてウィンドーの前に立ち尽くした。自分の顔をじっくりと見たことなど、これまでほとんどない。

男が自分の顔を見ると言えば、まず朝の洗面のときだろう。それ以外には、トイレで手を洗うときぐらいなものか。人にもよるだろうが、墨田はしげしげと鏡に映った自分の顔を見るようなタイプではない。容貌に自信がないわけではなかったが、要するに見たからと言ってどうなるものでもない、としか思えないのだ。

鼻毛が伸びてはみ出していないか、何か異物がついていないか。その程度をチェックすれば、後は用はない。じっくりと自分の顔を眺め、髪をなでつけている男性などを見ると、バカじゃないかという気がした。

そのウィンドーは、実にきれいに磨き込まれてあった。ターミナル駅から延びる地下街にある商店街の一角だったが、午後の時間帯のせいか人通りは少なかった。あたりには、まばらに通行人の姿があるだけだ。そうとわかって、墨田は改めてそのウィンドーを覗き込んだ。

気がついてよかった、と思った。今からでも遅いということはない。これからは、人に会ったり、仕事をしている最中にこんな顔をしないよう注意しよう。

(それにしても——)

こんな顔つきになっているわけは、誰よりも自分が一番よく知っている。それを思うと、むらむらと憤懣がこみ上げてきた。

ウィンドーに映っている顔が、にわかに険しさを増した。

(これは、いかんな)

どうやら、自分は胸の内にあるものがすぐ面《おもて》に表われるタイプらしい。これも初めて気がついたことだった。

今日は、いったいどういう日なんだろう。四十をすぎて、こんなに自分の知らなかった部分が次々と見つかる、などということがあるのだろうか。そう思ったら、つい苦笑《にがわら》いが漏れた。

（お、これはいい顔だ）

ウィンドーの顔は、今度は渋い中年男の魅力的な笑顔に変わっていた。苦笑いだったのだが、映っている顔は微笑に見える。目尻にちょっと皺が寄って、片頬に大きなえくぼが出る。四十三歳にしては若々しい。会社でも、若いＯＬから送られる熱っぽい視線に気づくこともあった。

墨田は、何となくウィンドーの前から離れられなくなっていた。自分の顔を眺めているだけで、次から次へと新しい発見がある。楽しい、というほどではないが、どこか金縛りにあったときに似ていた。

得意先から会社に戻る途中だった。とくに急いでいるわけでもない。いや、夕方まで時間を潰《つぶ》してから戻ったほうがいいかもしれない。イヤな部長の顔を見なくてすむだけでもありがたい。

「ネクタイを探しているんですか」

ふいにそう声をかけられて、墨田はびっくりした。少し離れたところに女が立っていた。

「え？　ええ。いや――」

墨田は、どぎまぎして曖昧《あいまい》なことを口走った。言われてみると、ウィンドーの中にはネクタイやネクタイピンなどが飾りつけられてある。

「あ、ここは宝石店のようですね。ネクタイは飾りだわ」

女はそう独《ひと》り言《ごと》を呟きながらウィンドーに近寄ってきた。

「ああ、そうですね」

確かに、そのようだ。ネクタイピンだけでなく、指輪や時計やネックレスなどが並べてある。何本かのネクタイは、それを引き立てるための装飾品らしかった。そして、そのバックが黒っぽいカーテンになっているために、外に立つと顔がよく映るのだ。

自分は宝石店のウィンドーを覗いていたのか。墨田は初めてそうとわかり、これも今日何番目かの新発見かと思ったとたんにおかしさがこみ上げてきた。

「あら、何がおかしいんですか」

ふいに笑いを漏らした墨田を、女が真っ直ぐに見た。

派手な感じのする中年女性だ。やや長めの髪がきれいにセットしてある。淡い臙脂《えんじ》色のシンプルなワンピース姿だが、着こなしに自信があるらしい。四十前後に見える年のわりにはスリムな体型で、ちょっと日本人離れしたシルエットに見えた。そう言えば、顔だちもどこかハーフのような感じだ。

切れ長の大きな目で、女はじっと墨田を見つめていた。

「いや、気に触ったら失礼。ここに映った自分を見ていたもので、宝石店のウィンドーだとわからなかったんです。それで」

「まあ、面白い方ね」

今度は、女のほうが笑い出した。

「そんなにおかしいですか」

「ええ、おかしいわ。こんなところで、ご自分を眺めて何を考えていらしたのかしら」

女は、なおも笑っている。

「そうねえ。今日はいろいろと新発見が多かった。それで、つい――」

「新発見！」

女は目を大きく見開くと、今度はのけ反《ぞ》って笑い出した。

それを見ているうちに、墨田のほうも笑いがこみ上げてきた。そして、二人はとうとう一緒になって笑い始めた。

なかなかチャーミングな女性だ。墨田は、しだいにそう思い始めていた。声をかけてきたところをみると、おそらく気があるのだろう。据膳《すえぜん》食わぬは何とやら、ともいう。

墨田は、手に持っていた背広の襟《えり》からさりげなく会社のバッジを外した。

「よかったら、お茶でも飲みませんか」

そう誘ってみる。女は案《あん》の定《じよう》あっさりと頷《うなず》いた。

2

駅ビルの中にある喫茶店に入って向かい合うと、女は臆《おく》するふうもなく正面からじっと墨田を見つめた。

「名前、何とおっしゃるんですか」

「平凡な名前でね。吉田五郎《よしだごろう》といいます」

墨田はそう答えた。アソビのときにはそう名乗ることにしている。

「そう。私も平凡な名前なの。村上光子《むらかみみつこ》っていうんです」

女は、屈託ない調子で名乗った。

「あ、ミッちゃんっていうのはいいね。僕の初恋の相手がミッちゃんという娘だった」

「どこにでもある名前ね。世の中には、掃いて捨てるほど。ね、浮気ってしたことあります?」

光子は、ふいに身を乗り出した。その声がごくふつうの響きだったので、かえって墨田はどぎまぎした。

「え? いや——。まあね。でも、ずいぶんストレートな質問だ」

「まあね、って。どっち? あります?」

光子の表情は思いがけず真剣だった。

「そう詰め寄られると、答えにくいな。第一、浮気という言葉の定義がむずかしい。相手が風俗の女性でも浮気というのか、どうか」

「うちの旦那は浮気しているらしいの。お相手はれっきとしたよその奥さま」

光子は、ジュースをストローで一気に半分ほども飲んで、ふーっと吐息を漏らした。

「へえ。わかったんですか」

「だいたいね。だって、現場を押さえるなんて、できないでしょ」

「警察みたいな言いかただな。現場を押さえる、なんて」

そう言ってから、墨田はいたずらっぽくにやりとした。

「それで、奥さんも復讐のために浮気してみようと思ったわけ？」

「そうじゃなくて、男の人が妻に隠れて浮気するってどういう心理なのか、それが知りたいの」

「なるほど。それは、やっぱり――」

墨田は、ふと思案した。

それは、やっぱり相手の女性に魅力を感じるからだろう。そう言って、光子を誘惑にかかろうかと思ったのだが、その言葉はかえって彼女を傷つけることになる。そう気づいたのだ。

光子は、じっと墨田の口許を注視していた。

「それは、やっぱり出会いじゃないかな。何かのきっかけで、男と女が出会う。そこでお互いに惹《ひ》かれ合うものがあれば、ね？」

「ふうん。でも、出会いって、いっぱいあるじゃないですか。私たちだって、こんなふうに出会ったりするんだし。そのたびに浮気するんじゃ——」

「いや、だから、お互いに惹かれ合えば、ということでしょ。もちろん、故意に出会いを作ることもあるだろうけど」

「故意に？」

「さっき、奥さんは——」

墨田がそう言いかけると、光子は大げさに眉を寄せた。

「その、奥さんっていう呼びかた、やめてくれません？　嫌いなんです」

「ああ、それは失礼。じゃ、何て呼べばいいかな。村上さんじゃ——。光子さんでいいですか」

「ええ」

光子は、こくりと頷いた。

墨田は、内心でほくそえんだ。これまでに、人妻とは二度浮気をしたことがある。深みにはまることもなく、ごくあっさりしたものだったが、その二人とも「奥さん」と呼ばれることを嫌がった記憶があったからだ。

「さっき、光子さんはなぜ僕に声をかけたんです？」

墨田は、改めて聞いた。

「え？　あのとき？　あなたが、あんまり熱心にウィンドーを覗き込んでいたから」

光子は、変なことを聞く、というふうに小首をかしげてみせた。

「だって、見ず知らずの他人が熱心に何を見ていたってカンケイないでしょ？　そういう人に、いちいち声をかけますか」

「いいえ。でも、あなたはひどく熱心に覗き込んでいたわよ。私が黙って素通りできないぐらいに」

そう言って、光子は明るい声で笑った。隣りのテーブルの客が顔を向けるほど、その笑い声はあたりに響いた。

「なるほどね。それじゃ、あれは故意じゃなかったんだ」

墨田は苦笑いした。

「故意って？　私が、あなたに声をかけたのが？　違うわ。気がついたら、声をかけてたの。だから、そういう気にさせるほど、あなたは熱心に覗き込んでいたのよ。だけど、ウィンドーに映ったご自分を眺めていたとは知らなかったわ。私はてっきりネクタイを選んでて、それで迷っているのかと思ったの。だから、選ぶお手伝いをしようかって――」

光子は、またおかしそうに笑った。

「そうか。僕の勘違いだったのか。それは残念」

墨田は、また苦笑した。

「勘違いって？」

「だから、光子さんは僕に気があって、それで声をかけてきたのかと思ったものだから」

「――――」

光子は、黙って俯《うつむ》いた。

目を伏せたまま、ジュースの残りをゆっくりと飲んでいる。長い睫毛《まつげ》のあたりを墨田はじっと見つめていた。

気詰まりな沈黙が続いた。墨田が、何か別の話題を持ち出そうとしたときだ。ふいに光子が顔を上げた。

「あなたは、素敵よ」

ぽつんとそう言うと、また俯いた。

「へえ。それは嬉しいね。僕も君は魅力的な女性だと思っている。君のような人をほったらかして、よその人妻に熱を上げている旦那がいるなんて、信じられないよ」

光子が顔を上げた。うっすらと頬が赤らんだように見えた。

「あなたは、奥さんのこと愛してる？」

「ああ、もちろん。うちの女房ほど可愛い女は、どこを探してもいないね」

墨田は、少しずつ興奮し始めていた。

浮気したい相手を口説くときは、まず嫉妬心を煽《あお》る。それが、墨田が身につけたやりかただった。この女は、うまく引っかけられるかもしれない。そんな手応《てごた》えを感じ始めていた。

「そう——。うらやましいわ」

「そんな寂しそうな顔しなさんな。光子さんも素敵だよ。お世辞じゃない。僕は、本気でそう思っている」

「だって——」

「ね。ここ、出ようか」

墨田は、伝票をつかむと立ち上がった。

光子は黙ってついてきた。駅ビルを出ると、墨田は無言のままゆっくりと歩いた。雑踏を抜け、しだいに細い道へと歩いていく。その先にはラブホテル街がある。

光子は、何も聞かなかった。黙ったまま、墨田の斜め後ろからついてきた。

一軒のホテルの前で、墨田は足を止めた。あたりに通行人はいない。

「ね。本物の浮気ってやつ、してみようか」

「本物？」

光子は驚いたように墨田を見た。

「たった一度だけ。出来心ってやつ。ね、行こう」

墨田は、光子の手を引いてホテルの門を潜《くぐ》った。抵抗は、なかった。

部屋に入って、墨田が引き寄せると、光子は小さく震《ふる》えていた。唇を重ねると、震えはさらに激しくなった。まるで、全力疾走した後のように息を弾《はず》ませている。唇を離すと、墨田は静かに抱いてやった。

「初めて？」

光子はこっくり頷く。

「そう。僕も初めてなんだ」

「ウソ」

「本当だよ」

墨田は、ちょっとだけ荒々しく光子のワンピースを脱がせた。自分も手早く衣服を脱ぎ捨てる。光子は下着のままベッドにするりと身を入れた。

もう震えは止まっていた。むしろ、自分のほうから墨田の唇を求め、体を寄せてきた。鮮やかに雌《めす》に変身していくそのようすを、墨田は久しぶりに楽しんでいた。

やがて、共有した時がすぎても、墨田はなお快楽の渦の中にいた。これほど完璧な満足を覚えたことは、今までになかったような気がした。

それは光子も同じらしかった。傍《かたわ》らにうつ伏せになったまま、時折り、ふーっと深いため息を漏らす。

「よかったよ。君は、すごくよかった」

ようやく上半身を起こして、墨田はしみじみとそう言った。

「私も――。相性がいいのかしら」

光子は、うっとりした表情で墨田を見上げた。

「そうかもしれない。こんなの、初めてだ」

そう言ってから、ふと墨田は目を輝かせた。

「ね。もう一度、会おうか」

墨田の目をじっと見つめてから、光子は視線をそらした。

「僕はもう一度会いたい。お互いに理性はあるんだ。家庭を壊すようなことは避けよう。でも、せめてもう一度。ね、いいだろ」

「一度だけって、おっしゃったのに」

光子が呟いた。

「そう思っていたんだ。だけど——。君はイヤかい？」

「イヤっていうんじゃ——」

光子は、歯切れ悪く口ごもった。

「だったら、いいじゃないか。絶対に約束するよ。あと一回だけにしよう」

「だって、どうやって会うの？　あなたの会社に連絡するわけにもいかないでしょ？」

光子も体を起こした。もう、目が輝いていた。

「だから、君の電話番号を教えてくれよ。僕のほうから、連絡する」

「嫌よ、そんなの。あなたとは初めて会ったのよ」

「別に悪用はしないよ。もう一度会うために連絡するだけだ。それぐらい、僕を信用してくれないかな」

「でも――。あなただったら、他の人に教える？」

「男はダメだよ。家には女房がいるもの。君のところは、昼間は旦那いないんだろ？」

「夫は、九州に単身赴任《ふにん》中なの」

「ああ、そう。だったら、よけい大丈夫じゃないか。他に家族は？」

「子供はいるけど。昼間は私だけ」

「じゃ、昼間かけるよ。夜は遠慮する。迷惑はかけない」

光子は、なおも渋っていた。

「大丈夫だよ。君が、どこに住んでて、どんな家庭を持っているのか。僕には、そんなことは関係ない。ただ、もう一度君と会いたいだけなんだ。電話番号を知ったからって、プライベートなことがわかるわけもないだろうよ。ＮＴＴに問い合わせたって、住所なんかは教えちゃくれないだろうし」

「それは、そうだけど。でも、ＮＴＴだったら調べるとわかるんじゃない？」

墨田は単に思いつきで言ったのだが、光子は、妙に意味ありげな顔になった。

「何言ってるんだ。だから、僕はそんなことに興味はないって。頼むから信用してくれないか。それとも、もう僕とは会いたくないのか」

「そんな——」

光子は、恨《うら》めしげに墨田を見た。

結局、光子はサイドテーブルの上にあったメモ用紙に番号を書いて、墨田に渡した。

「ありがとう。来週、電話するよ。いいだろう？」

ベッドから出ると、身支度をしながら墨田はそのメモ用紙をワイシャツのポケットにしまおうとして、ちらと目を走らせた。

何となく、どこかで見たことのある番号のような気がした。７２２７という数字の並びに記憶があった。しかし、局番が違えばそれまでのことなのだ。

光子は、なおも迷っているふうだった。が、お互いに身支度を整えて外に出ると、そのままそくさと右と左に別れた。墨田は、少し行ってから振り返ってみた。遠くなっていく光子の後ろ姿が、どこか悔《く》いを感じているように見えた。

3

会社に戻る地下鉄の中で、墨田は別れてきた光子のことをぼんやりと考えていた。

（いい女だった——）

今日は妙な日だった、と思う。あのウィンドーの前で立ち止まったばかりに、あんなにいい女と出会うことができたのだ。光子は、細身でしなやかに締まった体をしていた。色が白く、本当にハーフかと思ったほどだ。そのことを口にすると、光子は笑ってあっさりと否定した。が、よくそう聞かれることがある、とも言っていた。

これは少し長く続くかもしれない。そんな気がする。誘ったときには、一度だけと言ったが、こうなれば話は違ってくる。幸い、向こうはこっちがどこの誰なのか、まるでわからないのだ。

どうせ仕事に身を入れるつもりはなかった。入れたくても、入れようがないと言ったほうがいい。バブルが弾けて以降、証券業界はまさに青息吐息《あおいきといき》の状態が続いている。墨田の勤める野茂山《のもやま》証券も、もちろん例外ではなかった。

墨田は、証券マンとしては腕のいいほうだったと自負していた。だった、と過去形で言わなければならないところに苦悩のすべてが集約されている。バブルの崩壊した直後から、業界では早くも必死の生き残り競争が開始された。それは各社の社内でも同様だった。足の引っ張り合いが露骨な形で行なわれ、そういうことを潔《いさぎよ》しとしない者たちは次々と脱落していった。

墨田も、そうした典型的な脱落組の一人だった。

三年前のことになる。当時、墨田は担当していた未上場企業の資金運用でちょっとした穴をあけてしまった。その程度の損失を出すケースは、当時は続出していた。何しろ、業界全体が下り坂を転げ落ちているときのことだ。

だが、責任を感じた墨田は、その損失を自分の手で回復しようと頑張った。そして、ちょうど上昇気流に乗りつつあったパソコン業界に目をつけ、その投資で大きな成果を上げることができた。結果的には損失分をぐんと上回る業績になったのだ。

ところが、上司に悪い男がいた。巧妙な操作で、その業績があたかも自分の手柄のような報告書を作って上層部に提出し、そのままなし崩しに既成事実としてしまったのである。当時、墨田の所属していた第一業務部の部長だった神村健夫《かみむらたけお》というその男は、間もなく札幌《さっぽろ》支店長として栄転していった。そして、逆に穴をあけた損失分の実績だけが残った墨田は、第三業務部に配転となった。それが、去年の春のことだ。

墨田は憤懣やるかたなかった。親しい同僚たちも、みんな同情してくれた。が、いくら慰められてもどうなるものでもない。いったん決まった評価が覆《くつがえ》ることはなかった。墨田は荒れた。もともと酔うと荒っぽくなるたちだったが、深酒が続き、警察にも何度かお世話になった。

法人を対象とした第一業務部と違って、第三業務部は個人の投資家が相手の営業だ。いわば小商《あきな》いでしかなく、以前に比べると二ケタも三ケタも違うみみっちい話ばかりだった。しかも、株価は低迷の一途をたどっているというのに、お客の要求は限りなく貪欲《どんよく》だった。墨田がひどい顔つきをしているのには、そういうわけがあったのだ。

会社に戻ったときは、夕方の六時をかなり回っていた。ＯＬたちはもう帰ってしまい、オフィスには部長の福沢信彦《ふくざわのぶひこ》と数人の同僚の姿しかなかった。この福沢という男がまた、意地の悪い男で、曰《いわ》く付きの問題社員となってしまった墨田を徹底して嫌い、毎日のようにねちねちと厭味《いやみ》を並べ立てた。

「墨田くん」

コホン、と咳をしながら自分の席に呼びつけるときは、決まって小言か厭味を言うときだった。墨田は、ゆっくりと側に寄っていった。

「世田谷《せたがや》の後藤《ごとう》さんのところへ行ってきたんだろ?」

「はあ」

「ずいぶん遅かったじゃないか。何かあったのかね」

「いや、別に何もありませんが」

「だって、君。出かけたのは午後一だよ、後藤さんのところは、せいぜい何百万かの話でしかないんだろ? 丸半日それで終わりっていうんじゃ。高い給料払ってる会社のことも、少しは考えてみたまえよ」

墨田は、すっかり薄くなった福沢の前頭部を見つめながら黙って立っていた。

この男も、細かいことにしつこくこだわる奴だ。前の神村もそうだった。俺は上司にはとことん恵まれない運命にあるのだろうか。

福沢と違って、神村は居丈高《いたけだか》に声を張り上げるタイプだった。体格も大柄で、椅子から立ち上がってわめきだすともう止まらないのだ。右手に赤い革表紙の大判の手帳を振りかざしながら、説教とも小言ともつかない演説が延々と続いた。

その手帳には、部下の勤務評定やら重役たちの弱み、あるいはライバル会社や業界のさまざまな裏情報などが細かくメモしてあるらしい。それどころか、けっして表には出せないインサイダー取引の記録も書き込んであるそうだ。社内では、神村の赤手帳といえば有名で、社員の間でそうしたひそひそ話が交《か》わされていた。

福沢のねちねちとした小言は、なおも続いていた。が、墨田は、何かをぼんやりと考えていた。

「おい、墨田くん。聞いているのかね。どこを見てるんだ」

ふいに、福沢の尖《とが》った声が聞こえて、墨田は我に返った。

「何ですか」

「何ですかじゃないよ。僕の言っていること、聞いているのかね」

「はあ。これから気をつけます」

そう言い捨てて、そのまま墨田はさっさと自分の机に戻った。

胸の内で、しきりと何かが気になっていた。だが、何が気になっているのか、それがはっきりしない。福沢に小言を言われたことがきっかけになったのは間違いないのだが、どうしてもそれが思考の表面に浮かんでこないのだ。

（あいつの小言は、午後一に出ていって夕方まで鉄砲玉だったことから始まった）

墨田は、苦い煙草をくゆらしながら、机に頬づえをついて福沢の小言を思い返していた。けっして愉快な作業ではないが、そうやって記憶をたどらないことには胸のつかえが取れそうもなかった。

鉄砲玉になったのは、光子と出会ったからだ。ひょんなことから出会い、思いがけないなりゆきで行きつくところまで行きついた。こんなラッキーな日は、人生の中でもめったにあるものじゃない。部長の小言ぐらいがまんしても、痛くも痒《かゆ》くもないのだ。が、気になっているものを解決しないとどうもすっきりしない。

何かが、少しずつ仄《ほの》かに見えてきた。

(そうだ。福沢の小言を聞きながら、どうして俺はこんなに上司に恵まれないんだろうと、胸の内でぼやいたときに何かがふと引っかかったのだ)

嫌な上司と言えば、まず浮かんでくるのはもちろん神村だ。あいつの面など二度と見たくない、という気がする。その不愉快な面を、さっきは福沢の小言を聞いたお蔭でつい思い出していた。そのときに、ふと――。

墨田は、いきなりバネ仕掛けのように椅子から立ち上がった。周《まわ》りの者たちが驚いたように身をすくめた。

墨田は、自分の胸に思い浮かんだことに激しい衝撃を受けていた。真っ直ぐに庶務係の机のところに行き、戸棚を開ける。そこには、さまざまな資料の類《たぐい》が雑然と納められてあった。その中から、墨田は社員名簿を探し始めた。

この春に作られた新しい社員名簿は、すぐに見つかった。だが、見たいのは一昨年以前のものだ。戸棚の隅のほうまで探したが、どこにも見つからない。野茂山証券の社員は八百人足らずだから、名簿はごく薄い。書類の間にでも紛《まぎ》れ込んでいれば、なかなか見つからないのも無理はなかった。

（あった——）

ようやく三年前のものが出てきた。素早く周囲を見回してから頁《ページ》をめくる。残業している社員たちは、誰も墨田に注目などしていなかった。その戸棚の中にある資料類は、誰でも勝手に持ち出したり見たりすることができるものだったからだ。

動悸《どうき》を抑《おさ》えて第一業務部のところを開けた。三年前、もちろん墨田もそこに所属していた。部長は神村である。その神村の欄に目を走らせる。住所、世田谷区等々力《とどろき》二丁目——、電話番号、——７２２７。

（やっぱりそうだ！）

腹の底から激しく突き上げてくるものがあった。光子が渡してくれた電話番号は、何とあの神村の自宅のものだったのだ。

番号の並びに、最初から何か引っかかるものを覚えていた。そのことが、福沢の小言を聞きながら少しずつ蘇《よみがえ》ってきた。そして、それが何だったのか、ついに思い当たったのである。

社員名簿を開いたまま、墨田の手は小刻《こきざ》みに震えていた。それと同時に、胃袋から嘔吐《おうと》感がこみ上げてきた。

（光子というあの女、あれは神村の女房だったのか）

何とも奇妙な、やり場のない不快感が波のように押し寄せてくる。

墨田の頭の中は、ひどく混乱し始めていた。光子の真っ白な裸身と、反吐《へど》の出そうな神村の顔とが頭の中でフラッシュしていた。そのうちに本当に吐きそうになって、墨田は慌《あわ》てて戸棚を閉めると廊下へ飛びだした。

4

あっという間に一週間がすぎた。しかし、墨田の衝撃と混乱は少しも収まってはいなかった。

（それにしても、驚いたな）

胸の内で、その言葉を日に何十回ずつ呟いたことか。

世の中の人と人との出会いには、信じられないような偶然が作用することもままあるのだろうが、まさか自分があの神村の女房とあのようなことになろうとは、それこそ夢にも思わなかった。

しかも、である。あの電話番号がごくありきたりな数字の配列だったなら、墨田の記憶が蘇ることもけっしてなかっただろう。光子とは、おそらく何度か逢瀬《おうせ》を楽しみ、やがてお互いに冷めてきて何となく別れてしまう。後はそれっきり、という、何ということもない出会いと別れで終わりを告げたはずなのだ。

そう思うと、妙に記憶に残った番号を墨田は呪った。直接の上司だった当時も、神村の自宅にしょっちゅう電話をかけていたわけではない。だが、何かの用事で二、三回はかけたような気がする。そのときの記憶が微《かす》かに残っていたのだろう。

あるいは、と墨田は考えてみた。

神村の自宅の番号が、もっと極端に珍しいものだったとしたら、また事態は大きく違っていたに違いない。例えば、同じ番号が並んだものとか、1234といったものだったなら、おそらく墨田はあの場ですぐ記憶が蘇り、口に出したかもしれない。もしかすると、光子のほうがけっして番号を教えなかった可能性もあるだろう。とにかく、記憶に残るか残らないかという微妙な数字の配列だったことが、何ともやりきれない不快感をあおる結果となった。

墨田は、はっきり言って不快だった。もし、光子が神村の女房だとわからずにいたなら、めったにないイイ女と知り合えたと小躍りして喜んでいただろう。何度か胸のときめくデートを楽しめたに違いない。だが、あの男の女房だったとわかったとたん、墨田は猛烈な吐き気を催《もよお》した。反吐の出そうな、とはよく言ったもので、それが最も的確な比喩《ひゆ》であることがよくわかった。

もちろん、二度と光子を抱く気にはなれなかった。それどころか、光子にまでも激しい憎悪を感じるようになっていた。坊主憎けりゃ袈裟《けさ》まで、のたとえだろうか。

（あの女め、村上光子と名乗った。ごく平凡な名前だ、などと抜かしおって）

何のことはない。神村を引っくり返して村上にしたのだろう。ふざけやがって、と墨田は何度も舌打ちした。その自分も吉田五郎と名乗ったことは棚に上げて、である。端《はた》から見れば狸《たぬき》と狐《きつね》の化かし合いとしか映らないだろうが、墨田は本気で怒っていた。

もちろん、それは光子にとっては八つ当たりでしかない。墨田の怒りは、本来は神村に向けられるべきものだった。

墨田自身も、それは充分にわかっていた。

（神村に、復讐してやろうか）

しだいに、そう考えるようになった。

このままでは腹の虫が収まらない気がする。幸いなことに、光子のほうでは相手が何者なのか、まったくわかっていない。こっちは完全にブラインドの陰に隠れた状態でいられるのだ。

出会ってから十日目に、墨田は初めて電話をかけた。言うべき台詞《せりふ》は、きっちりと決めてあった。

「はい――」

午後一時すぎである。もしかして墨田から、いや吉田五郎からではないか。そんな気配の感じられる返事だった。

「村上さんのお宅ですか」

わざと墨田はそう言った。

「――はい」

「吉田ですが」

「まあ、どうも。何度か、お電話くださいました？　ちょっと留守がちだったもので」

光子は、声が弾むのを抑えようとするように低い調子で言った。

「いや。初めて電話しました。いろいろと調査に手間取ったもので」

「調査？」

「ええ。これは、俺の商売でね。村上さん、ではなくて、お宅は神村さんでしょ？」

「――！」

光子の声にならない声が、受話器から漏れてきた。

墨田は、ゆっくりとした調子で続けた。

「旦那は、神村健夫。野茂山証券札幌支店長。あんたはこの前、旦那は九州に単身赴任だなんて言ってたけど、調べてみたら札幌だった。生年月日は、昭和二十六年九月十二日。血液型はO型。学歴は――、まあ、いいか。住所は、世田谷区等々力二丁目――」

「ま、待って！　あなたは、いったい何なんですかっ」

光子の悲鳴が聞こえた。

「まあ、落ちついて。別に取って食おうってわけじゃない。せっかく調べたんだから、もう少し聞いてくださいよ。家族は、あんたのお袋さんの根本伸枝《ねもとのぶえ》さん、六十八歳と、一人息子の芳夫《よしお》くん。東善《とうぜん》高校の二年生か。ああ、お宅の土地と建物は、根本伸枝さんの名義なんですねえ。ということは、そこはあんたの実家ってことか」

墨田は、社内でそれとなく集めた情報を小出しに口にした。何でも知っているぞ、というところを見せることが、相手の恐怖を増幅するだろうという計算があった。

案の定、受話器の向こうでは息を呑んだ気配がした。

「何をしようっていうの！　そんなこと、ど、どうしてわかったんですか。あのとき、私を、つけたのね」

光子の呼吸は、激しく乱れていた。

「いいや、あんたをつけたりはしない。だから、これは俺の商売だって言ったでしょ。電話番号を聞き出せば、住所は簡単に調べられるんです。NTTに知り合いがいてね。住所さえわかれば、後はいろいろと調べられるんですよ」

「NTT？　嘘っ」

光子は金切《かなき》り声を上げた。

だが、墨田はきっぱりとその声を否定した。

「嘘じゃない。蛇の道はヘビと言ってね」

NTTでは、番号がわかればもちろん住所がわかるはずだ。一般には教えないだろうが、裏から手を回せば不可能ではないだろう。

この脅迫ゲームは、とにかく光子の住所がわからなければ始まらないことだった。電話番号だけでは、プライベートな情報は何一つわかりっこない。住所が判明して初めてさまざまな調査が可能になるのだ。まさか野茂山証券の社員名簿から住所を割り出したとは言えないから、ここはNTTで押すしかなかった。光子だって、しょせんNTTの内部の仕組みなど詳しくわかるはずもない。

光子は黙り込んだ。

「まあ、そんなことはどうでもいい。さっそくですが、ビジネスの話に入りましょう。この前のこと、旦那には知られないほうがいいんでしょ?」

墨田は、しだいに背筋がぞくぞくするような楽しさを覚え始めていた。裏通りにある電話ボックスの周辺には、人通りもない。

光子の返事はなかった。荒い息づかいが聞こえるばかりだ。

「どうなんです? それとも、旦那になんか知られてもいいって言うんですか。どうせ旦那も浮気しているらしいからね。喧嘩両成敗ってやつですか。俺の脅《おど》しなんかには負けないつもりかな。それなら、こっちにも考えはある。旦那ではなく、息子のほうに教えてもいいんだ」

「ま、待ってくださいっ。そんなこと!」

光子が叫んだ。

「そうでしょう？　だから、俺は親切に言ってるじゃないですか」

「何が、何がほしいんですか」

「そう、そう。素直にそう言ってくれれば、こっちも話がしやすいんだ。ほしいものは、二つある。まず、現金で二百万。それと、旦那の赤い革表紙の手帳。この二つだ」

「二百万なんて、そんな大金」

「何を言ってるんだ。ちゃんと調べてあるんですよ。奥さんが、それぐらいの金を用意できないわけはない。俺はね、無茶な要求をして相手を窮地に追い込んだりはしない。取れる範囲で要求するのが、この商売のコツなんですよ」

「そんな——。それに、夫の手帳なんて、知りませんわ」

光子の声には困惑の響きがあった。

「何、旦那の鞄か背広の内ポケットあたりを探れば、すぐにわかりますよ。こいつは、業界でほしがってる連中が大勢いてね。旦那は、いつも月末には会議があって東京に戻っているようだから、今度きたときにこっそり抜き取ってもらいたい。奥さんがその手帳のことを知らないっていうのは、かえって好都合ですよ。旦那も、まさか奥さんに抜き取られたとは思わないだろうからね。今度の月末というと、ああ、来週ですな」

「夫の手帳を抜き取るなんて、私には、できません」

光子は涙声になっていた。

「いやあ、できますよ。できなけりゃ、えらいことになる。芳夫くんに、この前のこと教えてもいいんですか。あのとき、俺はちゃんと写真を撮《と》っている。掌《てのひら》に収まる超小型カメラがあってね。なかなか性能がいい。ライターに仕込んであって、煙草を吸うふりをして撮るんですよ。あんたの斜め後ろから撮ったんだけど、横顔がはっきりわかりますよ。もちろん、オールヌードでね」

「やめてっ」

絶叫に近い声がした。

「じゃあ、用意してくれますね。二百万と赤い手帳」

受話器の向こうでは、やや長い沈黙が続いた。が、ようやく呟くような声が聞こえた。

「――わかったわ」

「それじゃ、いいですね。また電話します。えーと、来週の木曜に電話しましょう。それまでに、金と手帳とを用意しておいてください。木曜の午後一時に電話して、受け取る方法を指示します。いいですね」

「――ええ」

蚊《か》の鳴くような光子の声を耳に、墨田は静かに受話器を置いた。置いたとたんに、腹の底から笑いがこみ上げてきた。

二百万も手帳も、手に入れば儲け物だ。が、手に入らなくてもいっこうに構わないのだ。光子を苦しめ、神村の家庭に波風が立てばそれでいい。ざまあみろ、という思いがする。

もし、あの手帳が手に入れば、それはそれで大変な収穫になるだろう。もしかすると、神村に本物の復讐ができるかもしれない。噂によれば、インサイダー取引の記録も載っているという。そんなものが暴露されれば、神村はひとたまりもあるまい。

来週の水曜に、定例の会議がある。神村はそれに出席するために上京してくるはずだった。その夜は間違いなく自宅に泊まる。光子がうまくやってくれれば、これは面白いことになりそうだ。墨田は、わくわくしてくる思いを抑えることができなかった。

5

翌週の木曜がやってきた。

昼休みが終わるころ、墨田は何くわぬ顔で会社を出た。十分ほど歩いて、裏通りに曲がったところにある電話ボックスが長話に適している。

会社を出て横断歩道を渡ろうとしたとき、妙な男が二人、後ろからついてくるような気がして振り返った。どこにでもいるようなサラリーマンふうな男たちで、横断歩道を横切ると墨田とは反対の方向へ歩いていった。光子への電話はやはり後ろめたいものがあったから、神経が尖っているのだろう。墨田は、そう思って苦笑した。

　電話ボックスに入って時計を見ると、午後一時に三分ほど前だった。約束よりはちょっとだけ早いが、別に構わないだろう。墨田はテレホンカードを差し込み、番号をプッシュした。

　だが、光子はなかなか出なかった。呼び出し音が鳴り続ける。十回、十五回と鳴ったところで墨田は受話器を戻した。やはり、きっちり午後一時にかけたほうがよかったのかもしれない、と思い直し、ゆっくりと煙草に火をつけた。

　もう一度かけ直す。今度はちょうど午後一時になっていた。

「――はい、もしもし」

　光子はすぐに出た。

「吉田です。どこかにお出かけだったんですか」

「ええ」

「ああ、そう。律儀《りちぎ》に約束の時間に戻ってきてくれたってわけか」

「あの、何かご用ですか」

　ふいに、光子は切り口上でそう言った。

　墨田は驚いた。

「あんた、何かご用って――。約束、忘れたのかい」

「約束って、何ですか」

「おい、おい。冗談じゃないぜ。そんな態度を取っていいのかい。俺は、あんたのヌード写真を持っているんだぜ。そいつをバラされたくなかったら、この前言ったように、現金で二百万と旦那の赤い表紙の手帳を用意しろと言ったはずじゃないか。忘れたわけじゃあるまい」

墨田は、いささか頭に血が昇っていた。この前と違って、光子のふてぶてしさはどういうことなのか。まさか、開き直ったわけじゃないだろうが、本当に忘れたとも考えられない。

受話器の向こうでは、無言が続いていた。

「もし、もし。神村光子さんだろう?」

「そうですけど」

「どうしたというんだ? とぼけてすまそうとでもいうのかね」

墨田は、少し不安になった。事態が急変する要素は何もないはずだが、と素早くチェックしてみる。とにかく、光子にこっちの素性がバレない限り、異変が起きる可能性はまったくないはずだった。

「あなたは、私を脅迫しているんですか」

光子の声が、墨田の耳に鋭く刺さった。

「脅迫? おい、いいかげんにしろよ。そんな強がりを言える立場にあるのか。生意気な女だ。二百万と赤い手帳は、用意できないというんだな? どうなんだ!」

墨田は、思わず怒鳴った。

答えはなかった。

「ようし、そういう態度ならもう交渉は打ち切りだ。どうなっても、俺は知らんぞ。あの写真は、最も効果的な方法で暴露してやる。それでいいんだな？　息子の学校へ送りつけたら、面白いことになりそうだが——」

墨田の目の端に、ちらと人影が映った。電話が空《あ》くのを待っているのかと思ったとたん、それは先ほどのサラリーマンふうの二人の男だと気づいた。

墨田の心臓が三センチほど躍り上がった。

男たちは、もうボックスのドアに手をかけていた。一人は携帯電話を耳に当てて頷いている。

「墨田五郎だね。警察の者だ。ちょっと、こっちへ来てもらおうか」

ドアを開けた男は、警察手帳を示しながら太い声で言った。

墨田は動転していた。

「い、いや、僕は、何も——」

声が喉の奥で絡まった。

「言いわけは通用せんぞ。神村光子への脅迫電話は、向こうで全部録音されたんだ。現行犯で逮捕する。署まで同行してもらおう」

二人の男は、ぴたりと墨田の両側に体を寄せた。

膝が、がくんと音を立てて崩れた。路上に倒れた墨田の体を、男たちが引っぱり上げた。

「お前も馬鹿な奴だ。神村の家は、等々力二丁目じゃない。そこは奥さんの実家でね。神村家は、すぐ近くだが、住所は上野毛《かみのげ》一丁目にあるマンションなんだよ。だから、電話番号から等々力の住所は、絶対にわかりっこなかったんだ。奥さんは、そのことに気づいた。そうなると、電話番号から等々力の住所を知り得た者ははっきりと限られてくる。その二つが一緒に載っているのは、野茂山証券の社員名簿しかないというんだ。そこで社員名簿を見た。吉田五郎なんてふざけた名前によく似た男は、一人しかいなかったというわけだ」

「だ、だけど――」

今度は舌がもつれた。

「奥さんの母親が、六年前に脳出血で倒れたんだそうだ。寝たきりになってしまったお袋さんの面倒をみるために、一家は等々力の実家に移った。だが、マンションを処分するつもりはない。二重生活になったんだな。郵便物の関係で住所は等々力に移さざるを得なかったが、電話はそのまま転送システムにしてあるんだそうだ。だから、ＮＴＴには元通り上野毛の住所で登録されてある」

「人は、それぞれいろんな事情を抱えて暮らしているんだよ」

刑事たちの言葉が、どこか遠くのほうで聞こえていた。

五十嵐 均

愛の時効

著者・五十嵐《いがらし》　均《ひとし》
一九三七年生まれ。慶応大学法学部卒。総合商社勤務を経て数々の会社を経営。海外のミステリーに通じ、エラリー・クイーンとは没年まで親交を温めた。九四年『ヴィオロンのため息の』で横溝正史賞受賞。主な著書に『審判の日』『生まれ代りの時代』など、多数。

一

歴史の散歩道などと言われている鎌倉《かまくら》郊外の金沢《かなざわ》街道は、深まる秋とともに落ち葉に埋もれていた。

「あなた、報国寺《ほうこくじ》の竹林を見たいわ」

島千秋《しまちあき》は石の地蔵が佇《たたず》んでいる角で、どちらへ行こうかと迷っている青山竜介《あおやまりゅうすけ》に囁《ささや》いた。彼のスリムな背中に手を掛けて、足を南側の疎林のほうへ向かわせた。

「お気のままに」

おどけた口調で竜介は頷《うなず》いて、長い脚を小柄な千秋の歩調に合わせながら、小川の石橋を渡って行った。

鎌倉の寺巡りをしたいと、まだ三十も半ばの千秋が熟年のようなことを言い出したのは、今の彼女の気持ちの反映かもしれなかった。

昨日、土曜の夜には、二人はこれまた千秋の誘いで、東京湾のレストラン船に乗った。できるだけ竜介と二人だけの時間を持ちたいという、彼女の願望が表われていた。

男女の付き合いを始めてもう十五年を過ぎ、今さらそんな間柄ではないのだが、それには微妙な訳《わけ》があった。

「こずえさんの四十九日も終わったから、そろそろお返しの品を揃えなくちゃいけませんわね」

青山竜介の妻が白血病で、とうとう三十九年の短い生涯を終えてしまってからは、結局子供をつくることができなかった青山の家には、竜介一人が残されていた。だから、そんなこまごましたことも、今では千秋の手が必要なのだ。

「どこかデパートで、きみが見繕《みつくろ》ってくれないか。すまないが」

南青山《みなみあおやま》でちょっとは名の知られている画廊を営《いとな》んでいて、ヨーロッパ絵画には眼がない竜介だが、日常のことにはとんと無頓着だから、法事の返礼など妻代わりの千秋がやるしかないわけだ。

「鎌倉は秋がいいね。今日ここへ来たのは正解だった」

竜介は眼の前に迫ってきた山門を囲む紅葉《もみじ》に、眼を奪われているようだ。

「きみは、今日はカメラ無しかい?」

千秋はいちおうフリーのカメラマンということになっている。親から貰った財産のために、そちらの収入を当てにはしていないが、時折、写真雑誌などに自分の作品を発表している。

「今日は仕事を離れて、あなたと二人の時間を持つために来たの。お寺を見たら、いい所でお食事して、それからどこかでゆっくりしたいわ」

「いいね。月曜の朝までは何もないし、場合によっては鎌倉から朝、店へ出てもいいんだものね」

千秋より十歳年上の竜介は、長い間に千秋に借金ができていた。そのせいか年下の女性でも、何となく対等ぐらいの雰囲気になっている。

山門を一歩くぐると、どういう遺伝子の働きなのだろうか、ピンクと黄色にきれいに葉を染め分けた紅葉が、二人の肩に降りかかった。

「この寺はもとは足利《あしかが》家の墓所だったそうだ。家時《いえとき》や義久《よしひさ》の墓が、今でもあるんだよ」

竜介はふっくらと柔らかい千秋の背に手を廻して、本堂のほうへ向け、歴史の説明をした。

「竹林はどこなのかしら」

「うん、寺を通り抜けて、奥になっているらしい」

彼は江戸時代の高札のような案内板に眼を走らせて、石畳の道を進んで行った。千秋はすぐ追い付いて、彼の左手の小指を取った。なぜか竜介より一、二度体温の高い千秋が、とくに夏など暑い暑いと言われて、それでも彼と手を繋《つな》いでいたいために、長年の間に編《あ》み出した習慣なのだ。

道が鬱蒼《うっそう》とした竹林に入って行くと、空気がいっそうひんやりと感じられた。真っ直ぐにそそり立っている竹の群生は、見る者の気持ちをつい、しゃっきりさせるような気がする。

「素敵だわ。一度来たいと思っていたの」

千秋は茶席になっている茅葺《かやぶき》の建物の前に佇《たたず》んで、同じ場所でぐるりと廻ってから、大きく息を吸い込んだ。

人の姿は疎《まば》らだったが、訪れる者は皆アベックで、手を繋いだり、肩を寄せ合ったりして、不思議な雰囲気の中に浸《ひた》っているようだ。

風が出てきたのか、静まり返っていた竹の群落の遥か上のほうが揺らめいて、サラサラと乾燥した音をたてた。

「私、この場所が気に入ったわ。きっとまた来たくなるような気がする」

「うん、また来ようね」

「わたし達、どうなるのかしら。あなたとまた、ここへ来るような時があるのかしら」

「どうして?」

彼女の言葉の意味を聞き返す形になっているが、竜介は本当に尋《たず》ねているわけではない。

「昔もこうして、あなたと二人で鎌倉へ来たことがありましたわ。あれはたしか、まだあなたがこずえさんと結婚する前、それどころか、彼女がまだあなたの前に現われてもいない頃だったから、もう十五年以上経《た》つんですわ。今では私も三十五歳、もう若くないわね」

「そんなことはないさ。まだまだきみは充分に若い。それに今でも二十代でとおるよ。不思議な人だ、きみは。昔は何か老成したところがあると思っていたが、ちっとも年を取らないんだから」

いつのまにか竜介は、彼女が持ち出した話題を、年齢の話に持っていっていた。

また竹の葉がそよいだ。今度は彼らが立ち尽くしている小径の、額に掛かる程の低い枝までざわめいたから、風が少し強くなってきたのかもしれない。二人はそのままもと来た道を辿《たど》って、ゆっくりと報国寺の山門の方向へ戻って行った。

「行きましょうか」

暫《しばら》く沈黙が流れてから、千秋が言った。

夕暮れが迫る金沢街道を、二人は車も拾わずにそぞろ歩きした。

『禅料理　御宿』と、時代を感じさせる杉板に墨で書かれた看板の前に、どちらからともなく立ち止まった。

車が入らない狭い築地の石畳の奥に、茅葺の数寄屋《すきや》風の門があり、そのさらに奥に風情《ふぜい》のある日本家屋が建っていた。

「休んで行こうか」

竜介から言った。彼を先に立てて、千秋もゆっくりした歩調で、今は花を付けていない椿《つばき》のあいだを入って行った。

彼の画廊に近い西麻布のマンションは、家に根が生《は》えてしまった古手のお手伝いが住み込んでいて、まだこずえの喪《も》も明けないのに、二人がベッドを共にするのは憚《はばか》られた。千秋の渋谷神山《かみやま》町の家は母がいて、思うに任《まか》せない。ここ十五年間、竜介が独身の時も結婚してからもずっと続いている二人の逢瀬は、そこここのホテルでだった。しかしこずえが重体になってからは、さすがにそれも途絶えていた。

「いらっしゃいまし、いいお部屋が空《あ》いております。お風呂の用意もできておりますから」

案ずることもなく、竹之寮《たけのりょう》というこの割烹旅館は、食べるだけではなく、客が情事を持つようになっているとみえた。玄関先を掃《は》いていた中年の仲居が、如才なく二人を迎え入れた。通された部屋は玄関とは反対側の二階の、こんもりした森に面した八畳間で、奥の続き部屋には、襖《ふすま》は閉まっているが床も延べられているようだった。

「腹が減っているんだ。用意ができたら食事を出してください」

「かしこまりました。どのコースにいたしましょうか」

竜介は仲居が差し出した品書きの中から、思いきって一番値段の張るコースを注文した。

「檜《ひのき》のお風呂が今、空いております。広々したお風呂でございます。食事の用意をさせていただく間に、どうぞお入りくださいまし」

彼女は二人分の浴衣《ゆかた》とどてらを手早く揃えて、一礼して出て行った。

「いい店に入ったね。久し振りにきみと温泉気分に浸れる」

上機嫌の竜介に急《せ》き立てられて、千秋も旅館の浴衣に着替えると、二人はひっそりしている木の廊下を、階下の小ぢんまりした湯殿へ入って行った。

仲居が勧《すす》めただけあって、鉄平石《てっぺいせき》を敷き詰めた浴室の中に据《す》えられた檜の浴槽には湯が溢れていて、二人が入ってもまだ充分に余裕があった。

「きみは健康なんだね。見てごらん、肩から湯の玉が飛び散って、水分を寄せつけないよ」

先に湯船に漬《つか》っていた竜介が感嘆した。千秋が慎み深く後ろ向きで入って来て、そのためにかえって豊かな尻の双丘の間の、抉《えぐ》られた褐色の部分が一瞬彼の眼前に露呈した。そのまま湯船に沈み込んだ彼女の白い肩を、竜介はすっぽりと抱いた。

「女がいつまでも若いと思っていただいては困りますわ。女は男の方より五、六年も長持ちするそうですけれど、でも早くに傷《いた》むんです。あなたはこの頃は持病の胃痙攣《いけいれん》も出なくなったし、とても健康そうで結構だわ。今、竜介さんは四十五でまだ皺《しわ》一つないけど、女の私があなたの年になったら、きっともうお婆さんですわ。だから、可愛がってくださるのでしたら、今しかないんですのよ」

言外の意味を込めた千秋は、湯の中でくるりと振り向くと、そのままスッと彼の眼前で立ち上がった。大粒の桃のように張りきった二つの乳房の高みから、キュッと胴がくびれて、ふたたび見事に張った腰の線になる。湯を滴《したた》らせた長い毛も、成熟した女の秘部を隠すことはできない。

「ああ、早く抱かれたい」

彼女は自分の恥部をそのまま竜介の高い鼻筋に押し当てて、両腕でしっかりと彼の後頭部を押さえた。

「苦しい、苦しい……きみはこの際、ぼくも殺したいんだな」

ようやく彼女の腕を振りほどいた竜介は、千秋を湯の中に引きずり込んで抱きすくめながら言った。

「こずえさんがいなくなればいいと思いましたけど、あなたには、今のところ生きていてもらうつもりです」

千秋は笑いながら応じて、

「わたし達、どうなるの、教えて」

ふたたび報国寺で囁いた問題を持ち出した。

「世間の目があるから、まあ半年は仕方がないわ。一番短い喪《も》が明けたら、私はもう母とは神山町の家にいたくありません。西麻布のあなたのマンションは、そうなれば手狭になるから、どこかもっと大きなところを探しちゃいけませんか」

「そうだな。われわれがこれからどうするのか、本当にきちんとしなければいかんな。きみも自分ではそうそう若くないと言うし」

竜介は、そこで深い溜息をついた。

彼の言葉を聞いて、千秋はもう何も言わなくなった。前ぶれもなく、サッと湯から上がって脱衣室へ入って行った。その後、竜介は物思いに耽りながらゆっくりと身体を拭き、ふたたび旅館の浴衣に袖《そで》を通して部屋へ戻ったが、そのときは彼女の姿はなかった。

「お連れさま、急にご都合ができたとかで、お帰りになりましたが……」

二人分の料理を大きなトレイに載《の》せて入って来た仲居が、どうしたものかと、当惑した表情で彼に告げた。

二

和洋の骨董店《こっとう》が軒《のき》を連ねている南青山通りから、根津《ねづ》美術館に至る静かな通りに面して、青山竜介の画廊『ギャラリー・ローザンヌ』がある。

夜九時を過ぎて住宅やマンションが多い通り沿いは、数十メートルおきの街灯を除いて、めっきり灯りが少なくなっている。だが『ギャラリー・ローザンヌ』だけは、レースのカーテンが掛かっているスモークガラスの内側に灯りが点《つ》いていて、ベージュ色の壁面にぎっしり飾られている油絵を照らしている。

道路に面したギャラリーから展示用の壁とドアを隔《へだ》てて、奥はアトリエになっている。二階は外階段で上がる別のブティックだから、その二部屋とそれに続くバスルームだけが、『ギャラリー・ローザンヌ』の全部である。

さして広くないアトリエのひと隅に、ルイ王朝風のソファーベッドがあって、寝そべっている青山竜介の脇に腰掛けた千秋が、上から彼に話し掛けるようにしていた。

「ごめんね、竜介さん。千秋は本当に疲れてしまったの……」

彼女は男を掻きくどく調子で訴え続けた。

「今から十五年前に、私が竜介さんと付き合い始めて、あなたと結婚したいと思った矢先にこずえさんが現われたわ。あなたがあの人の虜《とりこ》になってしまう前に、私はもっと素早く竜介さんを奪ってしまうべきだったんだわ。それからもずっと、私は何となく竜介さんのそばに居続けて、結局、誰とも結婚しなかった。こずえさんが妻でいる間は、私はあなたに無理を言ったり、彼女を追い出そうともしなかった。そうして先々月ようやく、と言っては何だけど、こずえさんが死んで、私はあなたのプロポーズを待ち続けたのよ」

男が答えないのをいいことに、千秋は次第に激してくる感情に任せて言い募《つの》った。

「私の存在に悩まされたこずえさんだから、彼女の法事を手伝うのを喜ばないとは思ったけど、あなたに頼まれてそれもやりました。その間じゅうもずっと、あなたと二人だけの時間をつくるようにして、あなたが再婚の話を言い出してくれるのを待ちました。でも、竜介さんはそのことをけっして口に出さなかったわ。あなたのことならどんな小さなことでも、隠し事だって知っている私ですから、竜介さん、あなたに私以外の女がいないことはわかっています。それだけに辛《つら》かったのよ。千秋は、このもどかしさをぶつけるところも無かった……」

千秋は切れ長な眼に涙を溢れさせて、それが竜介の顔に降りかかるのもかまわずに続けた。

「あなたを取りっこする女がどこかにいるのなら戦います。何としてもその女を撥《は》ね除けて、あなたを自分の夫にする自信はありました。でも……でも、そういう女がいるからではなくて、ただ、あなたの気持ちが……あなたが何となく、今さら千秋を妻に迎える気持ちを失くしてしまっているのに、どう立ち向かえばいいのでしょう。竜介さん、私の深い絶望があなたにわかりますか。お願い……どうかわかってください」

　腹の底から絞り出すように訴えながら、千秋はソファーベッドに横たわっている青山竜介の、男にしてはほっそりした身体の上へ、倒れ込むように自分の身を横たえた。

　火のようにほてって、女の香りを発散している千秋の肌に、ぬめるようなひんやりした感触が伝わった。

「あなた、息をしなくなってしまってから、一時間も経ったわ。二人だけの時間はもうお終《しま》いにするしかないわね。電話しますわよ。ね、いいでしょう」

　千秋は紙のように白くなった男の顔に、許しを求めるように頷きかけると、静かに傍《かたわ》らの受話器を取り上げた。

　ボタンを三つ押すと、間髪《かんはつ》を入れずに相手が出た。

「警察ですか。南青山六丁目のギャラリー・ローザンヌからかけています。ここのオーナーの青山竜介さんが亡くなりました。どうか来てください」

三

　麻布警察署の山城《やましろ》警部と五十川《いそがわ》刑事が知らせを受けて『ギャラリー・ローザンヌ』に到着したのは、十一月に入った最初の日曜日、五日の深夜だった。原因が不明な死体の通報に、いちおう刑事課の出動となったのだが、一一〇番の内容からして、彼らは殺人事件の発生というようには考えていなかった。

一一〇番通報者の女性の口調が落ち着いていて、自殺か事故による薬物死の可能性を示唆していたからである。

「ご苦労さまです」

この時間にも灯りを点けている画廊の入口まで出迎えた島千秋が、さすがに沈んだ調子で頭を下げた。

「こちらです。どうぞ」

彼女は二人の刑事と、パトカーを運転してきた制服警官を、額縁に嵌《はま》った絵が間隔を置かずに並んでいる店を通って、奥のアトリエへ案内した。

ラフなブレザーを羽織《はお》った四十がらみの男が、ヨーロッパ調のソファーベッドの上で死体になっていた。

床の絨毯《じゅうたん》に片膝を突いて、蒼白な男の肌に顔を近づけた山城警部は、背後の五十川刑事を振り向いて顎をしゃくった。鑑識を呼べ、という意味である。

警部が、明らかにアーモンドの香りがする死体の男の口許に鼻を付けてから、

「この方は？」

三人の警察官の後ろに佇んでいる千秋に尋ねた。

「青山竜介さん。このギャラリー・ローザンヌの社長です」

「そうですか。あなたは？」

「私は青山さんの古くからの知り合いで、島千秋と申します。写真家です」

動揺する様子もなく、サラリと答えた。

「一一〇番へおかけになったのは、あなたですね」

「ええ」

「このお店は、今日もやっていたんでしょうか」

「いえ、日曜は休みです。青山さんは展示品の入替えにでも来ていたのだと思います」

「店員さんは？」

「女店員が一人いますけど、日曜は出ていません」

「あなたはお店の様子をよくご存じなのでしょうけど、どこか変わったところとか、荒らされているような様子はありませんか」

千秋は申し訳のように室内を見廻して、

「とくには、ないと思います」

ほっそりした首を横に振った。

「あなたが来られたとき、鍵は掛かっていなかったと言われましたが、とすると、つまりは誰でも入れて、また出て行けるという状態だったわけですな」

「ええ」

五十川刑事のほうは本庁に連絡するためか、パトカーに戻っていたが、やがて戻って来て、アトリエの周囲やバスルームなどを丁寧に見て廻っていた。窓などに異常がないか、仔細に調べているようだ。

制服警官のほうは店の表にテープを張ったようだ。現場保存のためだろう。

「通報されるまでの事情を話していただきましょうか」

山城警部は死体の姿勢を動かさないように注意しながら、枕許の小卓に載っているグラスと、その脇に置かれている、何やら得体の知れない六角形の小箱を観察していた。

「ええ、私はずっと昔から、青山さんとは親しい間柄になっていまして、今夜も彼に逢うために神山町の家から自分の車を運転して来ました。車はすぐこの先の、ギャラリーの駐車場に置いてあります。もう一台とまれるスペースには、青山さんのＢＭＷがありました……ギャラリーへ着いたら、ドアはロックされていなくて、青山さんがこの姿勢のまま、ひと目で死んでいるのがわかりました。ですから、手を付けずに警察へ知らせたのです」

「青山氏の家族には知らせましたか？」

「いいえ……というより、青山さんはひと月ちょっと前に奥さんを亡くされて、子供はないので、西麻布のマンションには家族と言えるほどの人はいません。今もお手伝いさんが一人だけだと思います」

「すぐに鑑識が来て、死因はやがてわかると思いますが、この見慣れないものは何でしょうかね。あなた、わかりますか？」

警部は懐《ふところ》から出したハンカチで、彼の身体つきと同じずんぐりした掌《てのひら》でそれを摘み上げ、千秋の鼻先へ示した。

「ああ、これなら知っています。漢方の薬なんですけど、ひどい胃痙攣の発作のときに使うんです。青山さんの家に昔から、いくつかあったものです」

「ほう、ご存じなんですね。外箱の密封が破れて、中身は飲まれているようですが、胃痙攣の発作にでも襲われたと思いますか？」

警部のほうから千秋の意見を尋ねた。

「だと、思います。いつもこの薬は彼の家に置いてあるものですから、持ち出したのは本人にそんな予感があったんじゃないでしょうか」

「しかし、島さん。死因はどうやら胃痙攣でも、この漢方薬でもないようですな。ああ、鑑識が着いたようです」

警部は表の窓に反射して、明滅する赤灯に眼をやって、いくらか皮肉な調子で言った。

四

「だんだん新しいことがわかってきているんですよ、島さん。これは単純な事故ではないようだね」

麻布警察署の二階の調べ室の一つで、警察官に連れられて出頭してきた島千秋を、粗末な椅子に座らせて、山城警部がねちねちと追及を開始した。傍らに五十川刑事が控えている。

警部の言葉を真剣に捉《とら》えていないのか、千秋は心がここにないような、どこか倦怠感さえ漂《ただよ》わせた態度で殺風景な空間に視線を投げている。

「死んだ青山竜介さんが飲んだ『龍玉《りゅうぎょく》』という漢方薬は、あれはずっと以前に、きみが当人に渡したものだそうじゃないですか」

それがどうしました、というように、千秋はどこか涼しい眼で警部を見返している。警部に言わせるだけ言わせてしまおうという魂胆なのかもしれない。

「青山家のお手伝いの千葉《ちば》カズさんね、彼女がはっきり証言したよ」

「ええ」

「青山さんの持病の胃痙攣が出て、とてもひどくて治まらないときはあれを用いるといいと、きみがどこかから持ってきて、纏《まと》めて当人に渡したそうじゃないですか」

「そうですわ。あれは昭和五十五年の春のことでしたから、十五年半ほど昔になりますけど……」

何でもないことのように、千秋はあっさりと肯定した。

「あの頃は、私の父もまだ生きていまして、結局それがもとで亡くなったんですけれど、父もひどい胃痙攣に悩まされていました。西洋医学では限界があると、貿易会社をやっていた父は香港《ホンコン》で薬を手に入れてきて、自分でもときどき飲んでいました。何でも、とてもよく効《き》くけれど劇薬だそうで、中国の薬剤師さんは一生に十錠しか飲んではいけない、と言ったそうですわ」

「それを、きみは青山さんにあげたというんだね」

山城警部は調べ室の寒さにブルッとひとつ身震いしてから、壁のヒータースイッチをいっぱいにした。

「ええ、それで竜介さんも、どうにもならないくらいひどい発作のときは、ときどきあれを飲んでいたようですわ」

自分と青山との関係を隠そうとはせず、千秋は彼のことを竜介さんと呼んだ。

「ところがね、島さん。青山さんは死ぬ直前に、その龍玉とかいう薬を飲んだんだが、死因になった青酸ソーダを、それとは別に飲んだ形跡が見当たらないんだよ。コップの中身はただの水だったし、紙袋なんかもない。毒物はこの薬の中に入っていた、と考えるしかない状況になっている」

「ああ、そのことでしたら」

そこでまた千秋が、歌うような調子で付け加えた。

「あれもちょうどその頃のことでしたけど、これが青酸カリよって、悪戯《いたずら》で竜介さんにあげたことがあります。私はこう見えても写真家ですから、現像の過程で青酸ソーダを使います。今でも私の現像室には置いてありますわ」

「十五年前に渡しただって? 仮にそうだとして、どうしてそんなことをしたんだ」

脇から五十川刑事が、疑わしげな気持ちをあからさまに声に出した。

「だから、悪戯心って言ったでしょう。とくに意味はなかったんです」

「…………」

話がそこから先に進まないので、また山城警部が尋ねた。

「それを、青山さんはどうしたんだ」

「不意に死にたくなったときのために取っておきたいというから、長く保存しておくなら密閉しなければ駄目、と言いました。青酸は長く空気に触れていると酸化して、ただの炭酸ソーダになってしまうのです」

「それで?」

「それで、わたし達は相談して龍玉の箱を一つ開け、丸薬を割って私があげた青酸ソーダの粉を入れたんですわ。蓋を堅く閉めて、またぴっちりと封をしましたから、青酸はその後も空気に触れないで保存されたはずです。……そうそう」

千秋は、また思い出したように付け加えた。

「でも危ないから他のと区別できるように、竜介さんがそれには印を付けました。中国語の商標の処を、何かで黒く塗りつぶしたはずですわ」

ギャラリーにあった小箱を調べてごらんなさい、というように、眠たげな眼にちょっと光を加えて警部を見た。

「たしかに、青山さんが飲んだ漢方薬の小箱には、黒く塗った部分があったよ。われわれはそれがどういう意味なのか、考えていたところだ。だが、そうするとだね。島さん、彼が他の箱ではない、その箱の丸薬を飲んだとするなら、自分から死ぬつもりだったということになるんじゃないかな」

言葉の調子全体は疑わしそうだったが、山城警部はそこでいちおう千秋の考えを尋ねた。

「龍玉は、彼の家にまだ五個残っていたよ。被害者は毒の入っていない薬を飲むこともできたわけなんだ」

若い五十川刑事が、被害者という言葉に、いやみな感じを込めた。

「そうでしょう。強い薬だからめったに飲んじゃ駄目よ、といつも言っていましたから、この十五年の間に五、六回も飲んだかどうか。それなら数は合います」

相変わらず千秋は平然としている。

「そうですか。それなら別のことを聞かせてもらいますよ」

山城警部は千秋を疑ってはいるが、毒物の線だけでは攻めきれないとみたようだ。

「島さん、あんたは二月《ふたつき》前に亡くなった青山さんの奥さんより、彼とはもっと付き合いが長かったわけだ。だからあんたは、彼とは浮気をしているという感覚ではなかった。逆に青山こずえさんに自分の恋人を取られた、そんな気持ちでいたということかな」

「警部さん、人の気持ちなんていうのは……」

千秋はまたもとの、世の中にすっかり飽きてしまったような怠惰な口調に戻っている。

「人の心なんてものは、そんなに、法律の条文みたいに規定できるものではありませんわ。私が長い年月、こずえさんに対してどんな気持ちだったか、それをここで申してみても仕方がないじゃありませんか。警部さんは竜介さんの死因を確かめるお仕事だけをなさってくださいな」

千秋はそう言ってから、自分の心の殻《から》にとじ籠ってしまったように、とろんとした視線をほの暗い調べ室の空間に漂わせて黙り込んだ。

「ご苦労でした。今日のところはこれでお引き取りいただいて結構です」

これ以上の進展はないとみたか、山城警部がきっぱりと言った。

「ただし、またいろいろ教えてもらうことが出ると思うから、そのときは協力してください」

頷いたのか頷かなかったのか、千秋は無言でゆっくり立ち上がり、バッグなどの自分の持ち物を纏めて、刑事課の廊下へ出て行った。

「青酸の出所については、わりに簡単に認めましたね」

五十川刑事が首を傾げながら言った。

「それはね、あの千葉という、青山家に根が生えたようなお手伝いが昔のことをすべて知っているから、なまじ否定できなかったということだろう。ただ、その一つに青酸が混入してあったことまでは、お手伝いは知らんわけだから、そこまで認めた理由は何かな」

警部は島千秋を、まだもうひとつ容疑者の地位に据えきれないようで、腕組みをしたまま、考え込んだ。

「実際のところ、青山竜介に自殺願望がなかったとは言いきれない。五十川君、きみにもう少し調べてもらいたいんだが、青山は数年前自分がヨーロッパで買って、やくざの実業家に売りつけたゴーギャンの絵に贋作《がんさく》疑惑が出て、このところ追いつめられていたようだ。バブルが弾《はじ》けた今となっては、買い戻す金もないしね。あながち自殺の可能性もないことはないという視点に立って、その線も洗い直してみたいと思う」

これで事故、自殺、他殺――容疑の線が三拍子揃ってしまったと、山城警部はそこで大きく溜息をついた。

五

「もう来てもらわないで済むかと思っていたんだが、またまた新しいことが出たんだよね」

一昨日と同じ場所とメンバーで、山城警部が島千秋を攻めていた。

今日の彼女は花柄のプリントのブラウスと、クリーム色のプリーツスカートという、まるで青山の喪《も》が明けたような秋の装いで、一段と女ぶりが上がって見えた。

今日も、何でしょうかというように、警部のほうが言い出すのを黙って待っている。

「青山家のお手伝いの千葉カズさんから、十五年前の状況をじっくり聞いたよ。彼女の言うところによるとだね」

警部は千秋を疑っていることを相手にもわからせようと、棘《とげ》のある語調で言った。

「当時、青山さんは一種の鬱《うつ》状態になっていて、周りの者達に死にたい、死にたいと言ってたそうじゃないか」

「……ええ……そんなこともありましたわ。でも、だからどうだとおっしゃるんです」

「島さん。きみはね、青山竜介氏に何か頼まれて、その青酸を渡したんじゃないのかね」

「私が竜介さんの自殺を助けるために、あれを渡したとおっしゃるんですか」

千秋は先回りして、警部の質問の意味を確かめた。

「ああ、そういうことになるかな」

「あの人は、本当は自分が絵描きになりたかったんです。だから学校も、苦労して芸大を出たんです。でも、自分に画家の才能がないことがわかってきたんでしょう。あの頃は荒れていましたわ。でも結局、竜介さんは画商という天職を見つけて、それからはすっかり立ち直りました」

「その後のことはいいんだ。当時、あんたは一種の鬱状態になっていた青山氏に頼まれて青酸を渡した——そういうことじゃないのかね」

「本当のことを言うと、そうなんです」

驚いたことに千秋は、あっさりと認めた。物事がどうでもよくなっているように見える千秋は、どこか突き放した表情だ。

「死にたい、死にたいと言うものですから、私、かわいそうになって、ふっと発作的にあれをあげてしまったのです……でも、あの人は飲みませんでしたわ。だからそれからは、間違えては大変と、印が付いてる小箱を返すよう何度も言ったんですけど、結局そのままになってしまいました」

「そうか、それに間違いないんだね」

警部はまるで歌っているような彼女の言葉に、釘をさすように言った。

「ええ」

「じゃ、詳しいことはこれからまた話してもらうとして、とりあえず今の話を調書に取るよ」

いいね、というように警部は覆い被せた。そして彼女が微かに頷き返したのを確認してから、傍らの五十川刑事を促した。

「島千秋は自殺幇助《ほうじょ》の線までは認めたわけだ。問題は今から十五年何カ月か前に渡したそれが、罪に問えるかという点だよ」

「時効、の問題ですね」

経験の浅い五十川刑事は、それは苦手だというように、陽灼《や》けした顔をしかめた。

「自殺を助ける目的で毒薬を渡した、という行為が、犯罪として十五年前に完成していたことになれば、これはもちろん時効だ。十五年どころか、たぶん五年のはずだよ。ただ、その効果が平成七年になって現実化したとなると、一概には言えない……この問題は本庁の法務部に尋ねてみないことにはわからんな。それはそうすることにするが、だが、それがすべてじゃないぞ。真相がそこにあるとは限らんからな」

山城警部は事件の様相がにわかに複雑化したと、慎重な言い方になっている。

「青山の贋作疑惑のほうはですね」

この際、中間報告しておこうと、五十川刑事が言った。

「彼はゴーギャンの『褐色の女たち』という二十号の絵を、バブルの真っ盛りの昭和六十三年に、山本《やまもと》という、広域暴力団の幹部にもなっている不動産業者に売りました。絵に付いていた鑑定書だけでは不充分だと、その後取って渡すことになっていたヨーロッパの権威のサーティフィケートが結局取れずに、買い手の山本のほうはバブルがはじけて金が苦しくなったものだから、強硬に返金を迫っていたようです」

「なるほど」

「たしかに青山には重大問題だったでしょうが、だからといって、それで死んでしまうもんですかね……何とも言えないところですね」

「四十九日が終わったばかりの奥さんの死が、関係していることはないだろうか」

「それはないと思いますよ。現に彼には、千秋という代わりがいたわけですし」

「とすると、このヤマは、現に生きている島千秋を自殺幇助でくれるかどうか、そこに絞られるわけだな」

警部はそれでもまだふっきれないようだ。横桟の嵌った調べ室の窓から、こちらとは無縁にきれいに晴れ渡っている秋空を見上げた。

六

「本当に何が原因で、坊っちゃまは亡くなられたんでしょうか」

悲しみのすすり泣きが、その後に続いた。

「考えてみますと、竜介坊っちゃまは、若い頃から何度も生きる死ぬの目にあってこられたんです。それというのも、坊っちゃまがあんまり魅力的で、女の人にもて過ぎたからだと思います」

西麻布二丁目のマンションの応接間で、千葉カズはどこに向けていいものか、持って行き場のない憤《いきどお》りをぶつけていた。

五十川刑事は婦警の宮《みや》刑事を連れて、青山家のお手伝いというより、女執事のような立場だったらしい千葉カズから事情を再聴取していた。

「それで、亡くなった奥さんのこずえさんがこの家に入られた頃は、島千秋さんとやはりいろいろあったんでしょうね」

宮刑事が女らしい質問をした。

それはもちろん、というように、彼女は大きく眼を瞠《みは》って頷いた。

竜介が生まれた頃にやって来て、今は七十歳という彼女は、すっかり艶《つや》が抜けてしまった顔を引っ詰め髪にして、喪に服しているつもりか黒いワンピースを着ている。

「千秋さんにしてみれば、それは悔しい思いもあったでしょうけど、あの人の暴れかたは、ひと通りではありませんでしたわ。お定《き》まりの生きる死ぬの話になって、竜介坊っちゃまもずいぶんお悩みになったようです」

「その時点で、青酸ソーダが青山さんの許に渡った、と考えられませんか」

多少誘導尋問の気味があったが、五十川刑事があえて尋ねた。

「毒薬のことは、私は坊っちゃまから一度も聞いたことがありませんでした。でも……それはあり得ると思います」

長い間のこずえとの同居で、彼女が奥様びいきになったらしいことが、言葉の端々から窺《うかが》える。だから割引して考えなければならないのだが。

「あの頃、千秋さんが何か悪い考えを起こして、自分が自由になる青酸ソーダをこの家に持ち込んだとしても、不思議はないと思います」

千葉カズの供述は、しかし、彼女の意見の域を出ないようだ。

「その後も青山さんを巡って、二人の女性は揉《も》めていたんでしょうね」

宮刑事が、女の感覚で尋ねた。

「ええ、冷たい戦争は続いていました。でもこずえ奥様も半分諦めてしまわれたのか、それからは変な秩序が保たれてしまって、大きな騒ぎはなかったと思います。しかし私は、竜介坊っちゃまが自殺なさったようには、どうしても思えないのです。もし犯人がいるのでしたら、どうぞ警察のお力で、坊っちゃまを死なせた人を捕《つか》まえてください」

千葉カズは、竜介に主従の関係を越えた思い入れがあるように、そこで二人の刑事へ深々と頭を下げた。

「お手伝いを当たりましたが、彼女は青酸については意味のある証言ができないようです。しかし、千秋があれを持ち込んだときに、どうもすでにこずえとそうとう険悪な対立が始まっていた可能性があります」

麻布署で山城警部に報告している五十川刑事は、原因が青山の画家志望の一件ではなく、千秋を巻き込んだ三角関係の可能性があったことを力説していた。

「そうか。とすると、千秋が言っているように、彼の自殺を手伝おうとしたのではなくて、彼女自身がこずえなり、青山自身なりをどうにかしようとした、という可能性もあるわけだな」

「島千秋がこずえを殺そうとして持ち込んだ青酸を、今になって青山が飲んで死んじまった、としたらどうなるんですか？」

「うん、その場合は客体の錯誤《さくご》といって、同じように殺人の罪になる。しかし問題は時効の壁だ。容疑が自殺幇助であれ、殺人であれだ」

「…………」

「法務部に問い合わせた結果は、こうなんだよ」

山城警部は五十川刑事にも理解させておこうと、自分の席であらためて座り直した。

「要するに結論は、何とも言えぬということだ。法廷で検察と弁護側が対立すれば、弁護人は時効が完成していると言うだろうし、検察としては、青山がそれを飲んだ時点で犯行が完遂されたと主張するだろう。まことに微妙な問題で、裁判所がどちらを取るか……そこでこれを起訴するかどうかは、担当検事の性格によるようだな」

「性格ねぇ……」

五十川刑事は不満そうに首を傾げた。

「捜査に携わるわれわれとしては、その辺は検事の判断に任《まか》すしかないわけだ。だからあとは、島千秋が青酸ソーダを手渡した動機が、彼の自殺を助けることにあったのか、三角関係のいずれかの人物を殺害する目的を有していたのか。その辺をはっきりさせた上で事件を送致することになる」

「そうですね。その青酸を青山竜介が知った上で飲んだかどうかは、今となってはもう確かめようがないわけですから」

五十川刑事も、彼の上司の判断に頷くしかないようであった。

「われわれもたくさんの事件を抱えている。この事件だけにいつまでも関《かか》ずりあっているわけにはいかないんだ。島さん、これからは事件の結論が出るまで、毎日でも来てもらうことになりますよ」

その日の午後、山城警部はいくらかこわもての表情で言って、傷だらけの机を隔《へだ》てて向かいあった千秋を睨んだ。

「私は、お手伝いのカズさんにはよく思われていないと思います。彼女がいろいろ言ったでしょうけど」

たいして気にしていないという表情で、千秋は今日もどこか、けだるそうな態度だ。

「こずえさんが亡くなって、あんたと青山さんは結婚しようということになっていたのかね」

「あの人から籍を入れようという話は出ませんでした」

案に相違して、千秋はポツリと否定した。

「きみ自身は、どう思っていたの？」

警部の質問に、何故か千秋は形のいい瞳を潤《うる》ませた。

「あの人は優しい人でした。でも、十五年もそばにいると、男という生き物は、改めて結婚しようという気持ちを失くしてしまうんですね」

とても率直に聞こえる彼女の口調には、深い絶望が込められているようだ。

「きみは、独身になった青山氏との結婚を強く希望した。しかし、彼は乗って来なかった。そういうことかな」

「そうとっていただいて結構です。男と女の関係というのは、悲しいものですわ」

千秋は呟くように言って、ほんのりと赤くなった眼を調べ室の窓の外へ送った。

「島さん、あんたはもしかすると、今も、青山さんが死ぬことを望んでいたんじゃないか」

五十川刑事が、昨日あたりから取りつかれている考えで畳み込んだ。

「お尋ねになっているのが、殺意というようなことでしたら、きっと違うと思いますわ。もし、私にそんな気持ちがあったとしても、それはあの人を殺してやろうというような確固とした意志ではありません。あの人には私の知らないところで、新しい生活を持ってもらいたくないというような、そんな、何もかもがいやになってしまう倦怠感があるだけですわ」

そんな気持ちをあなた方はわからないでしょうと、千秋は淋しそうに微笑《わら》った。

七

今日もすっかり暗くなって島千秋を帰してから、山城警部と五十川刑事は出前の丼物を取って、青山事件のために溜まってしまった雑件を片づけるしかないと考えていた。

「警部、ぼくはふと考えたんですけどね」

彼の席にやって来た五十川刑事は、まだ頭が切り替わらないらしく、また自分の考えを持ち出した。

「あの女が昔、青山に青酸を渡したことを、なぜあんなに素直に認めたのか。われわれは時効の問題に気を取られすぎていたんじゃないでしょうか。聴取を続けるうちにふと思ったんですが、彼女が今になって青山に殺意を抱いたと考えれば、すべてが解けるような気がするんです」

「ああ、島千秋が十五年以上前に渡した青酸で青山が死んだと思わせて、じつは今渡したという か、漢方薬といっしょにその場で飲ませた、という可能性だろう」

「ええ、そのとおりです」

「俺もそれを考えたが、彼女が巧妙に仕組んだとすれば追及はなかなか難しい。青山の体内の青酸ソーダが十五年前のものか今のものか、証明の方法がないからね。だがね、五十川君」

そこで警部は、擦《す》り切れかけた肘掛椅子に太り気味の身体を沈み込ませて、腕を組んだ。

「俺はね、そういう作為が、何かあの千秋という女にそぐわない気がするんだ。そんな策を弄《ろう》して自分の愛人を殺害して、自分は罪を逃れようとする。普通なら容易に受け入れられる論理が、彼女の場合はちょっと違う気がするんだな」

「そうですね。あの女には若いのに、もう世の中を投げ出しちまったようなところが見えます。だから警部のお考えもわかる気がしますが、でも、そういう物理的な可能性がある以上、明日からは方針を変えてその線で追及してみてはどうでしょうか。それなら、被害者が龍玉とかいう漢方薬を飲んで死んだという状況も、説得力を持った説明ができますし、第一、殺意を持って十五年以上前に毒薬を渡した行為を訴追できるか、という時効の壁が取り払われるんですから」

「警部！　重大な知らせです」

そのとき婦警の宮刑事が、ただならぬ顔つきで刑事課へ入って来た。

「どうした？」

「参考人の島千秋が、うちの署から自宅へ戻るなり、自殺しました。青酸による毒物死のようです。今、交番から連絡がありました」

「やっぱり……」

最初に山城警部の口をついて出たのは、その呟きだった。

「彼女は青山がいなくなって、この世の中がどうでもよくなっていたんだな」

青山の事件は未解決に終わりそうな予感があったが、警部は、自分の人間観は確かだったと思い返していた。

「彼女が退場したことで、青山の死のいくつかの可能性が、すべて可能性のまま終わることになるわけだ。人間というのは難しい生き物だね」

若い五十川刑事が少しは勉強になったろうかと、彼は突っ立ったままの刑事に太い首を向けて、憂《うれ》い顔で頷いてみせた。

梓　林太郎

右岸の林

著者・梓《あずさ》 林太郎《りんたろう》

一九三三年、長野県生まれ。会社員、調査会社経営を経て、八〇年に「九月の渓《たに》で」で小説宝石エンタテインメント小説大賞を受賞。以後、豊富な登山経験を活《い》かした山岳推理の傑作を次々に上梓。なかでも『筑後川殺人事件』などの名川シリーズは絶大な人気を誇る。

1

上高地《かみこうち》交番の井出《いで》巡査は、今年の開山祭（四月二十七日）ごろから、犬の話を何度かきいていた。

登山者から梓《あずさ》川右岸や岳沢《だけさわ》の森林帯で茶色の雑種犬を見掛けたという報告があった。

その犬は、登山者やキャンプをする者に害を加えるわけではない。岳沢の往還を、まるで登山者を案内するように、つかず離れずしながら登り下りしているというのだった。

井出は、岳沢ヒュッテの主人に電話を掛け、

「今年は茶色の犬を飼ったのかね？」ときいた。

「いや。あれ以来、犬は飼っていない」

主人は太い声で答えた。

あれ以来というのは——一昨年の五月初めまで岳沢ヒュッテには、「クロ」と呼ばれて登山者に親しまれていた雑種犬がいた。登ってくる人を見つけると、山小屋の近くから甘えるように吠えて迎えたものだった。

一昨年五月、下山パーティーとともに雪の斜面を下っていて、雪崩《なだれ》に遭《あ》った。その事故で四人が生き埋めになったが、全員軽傷で掘り出された。一緒に下っていたクロだけが見つからなかっ

た。

捜索三日目の夕方、クロは雪の中から死体で発見された。雪崩に遭ったパーティーの話によると、クロは激しく吠えて、パーティーの六人を西側に追いやるようにしたのだという。その直後に雪崩は起こった。

この話は新聞に大きく扱われ、岳沢ヒュッテへは丈夫な犬を寄進したいという申し入れが各地から寄せられた。が、主人は以降、犬を飼う気がないようだ。

河童《かっぱ》橋付近のホテルが飼っている犬と井出は顔なじみである。その中に茶色の犬もいるが、岳沢を登り下りするという話はきいていない。

したがって、今年になって登山者がたまに見掛けるという犬は、野良犬だろうということになった。

ゴールデンウィークが終わったばかりの五月八日午前、上高地交番へ登山装備をした二人の男が、血相変えて飛び込んできた。

奥穂《おくほ》をめざしていた五人パーティーのメンバーであるが、岳沢の森林帯で、血まみれになって雪の上に倒れている女性を発見した。その付近には血痕と足跡がいくつもあるというのだ。

「登山コース上ですか？」

井出は、通報にやってきた二人の若い男に、水を飲ませてからきいた。

「いいえ。かなり明神《みょうじん》寄りです」

「明神寄りといったら、樹木が密生しているが……」

「そうです。まるで原生林のようなところです」

背のひょろっとしたほうが言った。

「茶色の犬が、ぼくたちを見つけると、どこからともなくやってきて吠え始めました。お腹がすいているのだろうと思い、クッキーを投げてやりましたが、それを拾おうともしないで、前足で雪を搔《か》くようにして吠えるんです」

五人は、犬のようすから林の中の異変を感じ取った。

登下山者の足跡が連なっている登山コースを右に逸《そ》れ、犬の小さな足跡を追うことにした。

犬は彼らが近づくと、「もっとこっちだ、もっとこっちだ」というふうに吠えては、樹林を縫って奥のほうへパーティーを導くのだった。

登山道を明神寄りに一五〇メートルほど逸れたところで、純白の雪の上に血痕を認めて、五人は顔を見合わせた。

犬は、なお一〇メートルほど離れたところで五人を呼んだ。

なんとそこには、女性が泳ぐような恰好をしてうつ伏していた。白っぽいコートを着ているが、その背中は鮮血に染まっていた。

「女性の顔を見ましたか？」

井出は、二人にきいた。

「いいえ、手を触れていません」

「死んでいると、どうして分かった？」

「リーダーが呼び掛けました。何度も。でも、倒れている女性は身動きどころか、なんの反応も見せませんでした」

「白っぽいコートの赤い斑点は、血痕に間違いないでしょうね？」

「間違いありません。周りの雪も、血で汚れています」

そこで五人は、女性は死亡しているものと判断し、リーダーの指示で二人が交番へ通報に走ったのだという。

井出は、ジャケットの袖《そで》をめくった。午前十一時十分だった。

彼は、豊科《とよしな》署に登山者からの通報を伝えた。

署ではただちに出動するという。署員が上高地に到着するのは、ほぼ一時間後ではないか。

「あとの三人は、どうしていますか？」

井出は、ストーブの火を強くして二人の若者にきいた。

「寒くなったらたぶん、林の中にテントを張ると思います」

「登山日程が狂ってしまったね」

井出が言うと、それはしかたないというように、長身のほうが首を横に振った。

「あのう。死んでいた女の人、登山者とは思えない服装でした」

背のずんぐりしたほうが、小さな声で言った。

うつ伏せになっている女性が着ているコートは、防寒具には違いないが、里で着るような物だったというのだ。

上高地へ遊びにきた人が、まだ深い積雪の岳沢へ踏み込むのは珍しい。夏場だとそこは陽光が避けられ、浅い透明な流れもあって、散策を楽しむ人は結構いる。

井出は、二人の言うことをノートに控えた。

「ところで、あんたたちに、森林の中の異変を知らせた犬はどうした？」

「いつの間《ま》にかいなくなりました」

パーティーの五人が雪の上に倒れている女性に近づくと、犬は繁《しげ》みの中へ姿を消したのだという。

「遭難者の飼い犬だったのかな……」

ずんぐりしたほうが、タバコをくわえた。

「いや。四月末の開山祭のころから、岳沢に茶色い犬がいるという報告を、何人もから受けていました。あなたたちに女性のことを知らせたのも、同じ犬だと思いますよ」

井出は、腰掛けたまま窓から空を仰《あお》いだ。東よりの風が白い雲を動かしていた。きょう一日は天気の崩れる心配はなさそうだった。

彼は、河童橋付近のホテルへ片っ端から電話し、きのう戻ることになっていたが帰ってこない宿泊客はいないかを問い合わせた。だがどのホテルにも、岳沢の樹林の中の死者に該当しそうな女性はいなかった。

2

刑事の道原《みちはら》は、ワゴン車に揺られて上高地に着いた。

女性が背中から血を流して林の中に倒れているという通報をきいて、彼は山岳遭難以外の死亡を考えたのだった。

上高地交番には、二十代の男が二人いた。女性の遺体を発見した五人パーティーのうちのメンバーだった。

道原らの警官は、二人の男に誘導されて岳沢の森林に入った。

薄暗い森林帯の積雪は深かった。全員がワカンジキを履いた。

林の中に赤いテントが見えた。遺体発見パーティーのものだった。リーダーは三十半ばだった。彼はテントの横に立って、東側を指差した。五〇メートルぐらい先に女性の遺体があるという。

女性のコートは白に近いクリーム色だった。生地につやがあり、上質な物であるのが道原にも判断できた。それの背中が鮮血に染まっている。二カ所から血が噴《ふ》き出したものらしい。

女性の右手は黒い革手袋をはめ、天を衝《つ》くように頭の先に伸びていた。左手は胸の下になっているらしく見えなかった。ズボンは黒で、白い革のブーツを履いている。絶命までもがいたらしく、ブーツの爪先が雪にもぐっていた。

豊かな長い髪は雪面に扇のように広がって、微風に揺れていた。

道原は、鑑識係とともに遺体の脇にしゃがんで合掌した。

「背中を、刃物で刺されたようだな」

道原が言った。

鑑識係がうなずいた。刃物が入った二カ所は破れている。

道原は他の刑事に足跡に注意を与えた。つまり、犬に誘導されるようにして遺体に近づいた五人パーティーのものと、彼らがここへくる前についていたものとを分けることだった。

遺体の周りには、犬の足跡もあった。それは西のほうからやってきて、西のほうへ帰ったように連なっていた。

女性を仰向かせた。化粧が濃かった。赤い唇は二センチばかり開いていた。歯並みのあいだに舌先がのぞいていた。まるでキスをせがんでいるように見えた。

「三十二、三といったとこかな」

道原は女性の年齢の見当を言った。丸顔で、やや肉付きのよいほうだ。目の縁も描いていて、化粧の濃さから水商売を想像させた。

妙なことだが、彼女の黒いズボンのファスナーが下りていた。そこから白い下着がのぞいていた。女性には珍しいことだった。

雪上の血痕を追跡していた伏見《ふしみ》刑事が、女性遺体の五、六〇メートル北でホイッスルを吹いた。

道原は立ち上がった。男が一人、死亡しているというのだ。

道原は伏見のいるところへ雪を漕《こ》いだ。汗が額に浮いた。背中を流れるのが分かった。じっとしていると、これが冷たくなる。

男は紺色のコートを着て、横たわっていた。腹と背中に当たる部分の雪が朱に染まっていた。コートの上から見たかぎりでは、銃弾によるものか刃物によるものかの区別はつかなかった。

「二人とも、死んでからそう何時間もたっていないな」

道原は鑑識係と伏見に感想を言った。

腹と背中から血を流して死亡している男は四十歳見当だった。男女は夫婦という見方もできた。

男は普通の紳士靴だが、片方しか履いていなかった。ここへくるまでに片方を雪に奪われてしまったのかもしれなかった。

男女の遺体は、スノーボートにのせられて上高地へ下ろされ、解剖のため松本《まつもと》市の信州《しんしゅう》大学法医学教室へ搬送された。

二人の身元は、所持品から判明した。

男は、床島精次《とこじませいじ》、四十一歳。都内六ヵ所で進学塾を経営している。住所は杉並《すぎなみ》区永福《えいふく》で、妻と女の子が二人いる。

女性は、五代結女子《ごだいゆめこ》、三十三歳。現在は無職だが、以前、クラブのようなところで働いていた経験があり、現住所は世田谷《せたがや》区上馬《かみうま》で、独身。結婚歴はなかった。


床島の妻の話から、彼は五月七日の朝、松本市で学習塾を経営している人に会うといって、家を出ていることが分かった。妻は、夫の訪問先や会う人についてはまったく知らないと、警視庁所轄署の刑事に語った。

五代結女子のほうはマンションに独居であり、彼女がいつどんな服装で外出したのかなど見掛けた人はいなかった。

刑事は床島の妻に、五代結女子とはどのような間柄かと尋《たず》ねたが、妻は、名前すらきいたことがないと答えた。

警視庁からこの報告を受けた豊科署は、上高地のホテルに問い合わせた。

梓川右岸のSホテルに二人の宿泊該当があった。二人は五月七日、本名で泊まっていた。住所は渋谷《しぶや》区代々木《よよぎ》となっていた。これは床島が経営する進学塾本部の所在地だった。宿泊カードは彼の記入であることが判明した。

二人は八日の朝九時の少し前、ボストンバッグをホテルのフロントにあずけ、上高地散策に出掛けた。チェックアウトをすませたあとである。したがって二人には、もう一泊する計画はなかったようだ。

荷物をあずけた二人がホテルを出て行くのを、従業員の二人が記憶しているが、その後、どこを歩いたか、誰に会ったのかなどは、いまのところ分かっていない。

道原は、伏見とともに、もう一度、床島と結女子が死んでいた現場に立ってみることにした。

最初に女性の遺体を発見した登山パーティーの赤いテントは見当たらなかった。彼らは奥穂に登るつもりだったが、思いがけない出来ごとに遭遇したため、計画を変更して小梨平《こなしだいら》へテントを移したという。そこであらためて登山計画を練り直すことにしたようだ。あるいは今回は登山を断念し、里へ下ることにするのではないか。

「床島と五代結女子は、厚いコートこそ着ていたが、里にいるときと同じような服装だった」

道原は雪の上に立って伏見に話し掛けた。

「二人には、岳沢へ入るつもりはまったくなかったということですね」

伏見は、樹間に見え隠れする警官の姿を眺めている。警官は、雪の中で犯行の痕跡をさがしているのだ。

「五代結女子はブーツだが、床島は普通の短い靴で、しかも片方を失っていた。おれはこう思うんだ」

道原は、はずしていた襟のボタンをきっちり締めた。

「二人は、梓川右岸の遊歩道を歩いていた。そこを、刃物か銃を持った人間に脅されて、この森林帯へ追いやられた。現場へ入り込むまでには何度も転んだだろうし、一時間以上を要したと思う」

「犯人《ホシ》は、二人と顔見知りだと思いますか？」

「知っていて襲ったんだと思うな。少なくとも物盗りじゃない。二人は現金もカードも持っていた。犯人は二人の所持品に手を触れていないようだったじゃないか」

床島は黒革のセカンドバッグを、五代結女子は濃紺のショルダーバッグを持っていた。その中には、現金もカードも、自宅のものと思われるキーも入っていた。名前や、保険証などから、二人の身元をすぐに確認することができたのだった。

床島と結女子は、昨夜、同じ部屋に泊まっている。その料金はけさ彼が支払った。

「二人を愛人同士とみていいでしょうね？」

伏見だ。

「そうだろうな。ホテルを一週間前に予約してあったところから、それ以前に二人は旅行を計画していたんだろうな」

「二人の間柄を妬《ねた》んだ者の犯行でしょうか？」

「それなら、比較的早く犯人は割れそうだがな」

二人は署へ帰ることにした。

登山道へ出たところで、岳沢を下ってきた四人パーティーに出会った。四人とも陽《ひ》に焼け、疲れきった顔をしていた。

「道中、茶色の犬に会わなかったかね？」

道原は、リーダーと思われるシンガリの男にきいた。

「さあ……。犬がどうかしたんですか？」

「このごろね、この辺で見掛けるという話をきいたものだから」

「飼い犬じゃなさそうですね」

「どこからきたのか、去年はそんな話はきかなかった」

道原と伏見は、四人パーティーの後ろについて河童橋を渡った。

橋の上では何人もが、穂高や反対側の焼岳《やけだけ》を背景にしてカメラに収まっていた。底が透けて見える川に驚いている人もいた。橋の上からじっと見ていると黒い魚影も映《うつ》る。水鳥もいる。

3

床島精次と五代結女子の解剖結果により、二人は殺害されたものと断定された。二人ともナイフで刺され、そこからの出血が原因で死亡したのだった。

心中ではないかという意見も出されたが、それなら二人のうちどちらかが凶器を持っていなくてはならない。凶器は雪に埋まってしまったとしても、手や袖口などに血痕の付着がないのはおかしい。

二人は、ナイフを持った何者かによって、遊歩道から岳沢の林の中へ追いやられ、そこで背中や腹を刺されたのだろうという道原の推測が採用された。

たぶん犯人は、床島と結女子が梓川沿いのホテルを出てくるのを待ち伏せしていたのだろう。その前に、二人の旅行計画をキャッチしていたようでもある。

二人が殺されたのは、八日の午前十時ごろだ。つまり昨夜泊まったホテルを出て、約一時間後である。

「おやじさん。二人の遺体を登山パーティーに教えた犬は、ひょっとしたら犯行を目撃しているんじゃないでしょうか」

伏見が捜査会議の隣りの席から言った。

「その可能性はあるな、だが、犬を見つけ出しても、犯人が誰かの証言を取るわけにはいかないだろうな」

茶色の犬は、五人パーティーに遺体のありかを教えると、どこへともなく姿を消してしまったという。

道原と伏見は東京へ出張して、殺された二人の背後関係を洗った。

床島には以前から女性との噂が絶《た》えなかった。常に同時進行の女性がいたと話す知人が何人かいた。それは自分が経営する進学塾の講師であったり、ホテルの貴金属売場の女性店員だったりだ。

今回、一緒に上高地へ旅行した五代結女子については、まったく知られていなかった。

床島が女性と上高地で死んでいたというニュースを知って、知人が頭に浮かべた女性は新宿の旅行代理店の社員だった。その人とは二年あまり親しくしていたからである。だが、旅行代理店勤務の彼女が無事であることが分かると、では一緒に死んでいたのはどういう素姓の人かということになった。

道原は、岳沢の雪の中での殺し方から、怨恨《えんこん》の線を考えている。犯人は二人の所持品には一切手に触れておらず、ナイフで腹や背中を刺すと、さっさと姿を消している。被害者の身元がすぐに割れても、一向にかまわないといっているようでもある。そこだけをみると、警察は容易に犯人にはたどり着けないと踏んでいるのだろうか。

結女子は、わりに家賃の高いマンションに住んでいた。入居したのは一昨年五月だった。

入居直後から、彼女の部屋にはちょくちょく男が訪れていることが、周りの入居者に知られていた。

道原は、床島の写真を入居者に見せた。彼の体格を話した。その結果、彼女の部屋を訪ねていた男は床島だったらしいということがほぼ判明した。

彼女の前住所が分かった。品川区《しながわ》だった。そこには約三年間居住していた。

その三年間の生活を、家主はこう語っている。

「わりに地味な装《な》りをしていましたが、水商売を経験した人のようでした。朝は十時か十一時ごろ起き、天気がいいと付近を一時間ばかりかけて散歩するんです。買い物をすることもあるし、花の咲いている家の庭をじっと見ていることもありました。要するにさし当たってやることのない人だったんです」

結女子の住まいへは一日おきぐらいに男が訪ねてきていた。

「それはこの人ですか?」

道原は床島の写真を家主に見せた。

「いいえ。もっと年配の男の人です。五十を二つ三つ出ていたでしょうね。きちんとした身装《みな》りで、上品な顔立ちの紳士でした」

その紳士が訪れると、結女子は昼間でも窓にカーテンを張るのだったという。

その男は、彼女がマンションを借りるさいの保証人になっているのではないかと考え、家主に当時の契約書を見せてもらった。が、保証人は千葉市に住む父親だった。

道原は千葉市へ行った。娘の奇禍《きか》をきいて、家族は全員豊科へ行ったものと思っていたが、病身の父親が家に残っていた。

父親は薄暗い部屋の床から這《は》い出してきた。結女子の母親と兄が豊科へ行ったという。

「あなたは、床島精次という人を知っていましたか？」

六十半ばに見える父親に道原はきいた。

「いいえ。娘からはきいていませんでした」

父親は白い顔をしていた。両手が震えている。彼の話だと、結女子は月に一度ぐらいのわりで実家へやってきて、生活の足しにしてくれといって、母親に現金を渡したという。

「結女子さんは、なにをして生活していたんですか？」

「銀座のクラブで働いていました。千葉で高校を出たときは、千葉の飲み屋にいましたが、東京のほうが金になるといって、二年ぐらいでここを出て行きました」

ホステス以外の職業には就《つ》いたことがないらしい。

「いまの住所は世田谷区ですが、そこへ入る一昨年の五月までの三年間は品川区のやはりマンションにいました。そのころは五十をいくつか過ぎた男の人が、一日おきぐらいに訪ねていたということですが、その人が誰かご存じですか？」

「知りません」

「そのころの結女子さんは、働いていなかったようですよ」

「じゃ、男の人の世話になっていたのでしょうか」

父親は痩《や》せた首に手をやった。

道原は、以前結女子が働いていたクラブの名を思い出せないかときいた。

父親は、白い頭を掻いていたが、思いついたことがあるというふうに、奥の部屋へ這って行き、白いマッチを持って戻った。

マッチは、銀座のクラブのものだった。黒い字で「クラブ・プライム」と刷《す》られていた。結女子が一時このマッチを持っていたのだという。

伏見が、マッチに刷られた所在地と電話番号を素早く控えた。

日はとうに暮れていた。結女子の父親は、食事をどうするのかと、道原は事件と関係のないことを心配した。

署に連絡を入れた。署では千葉からやってきた結女子の母と兄から、彼女が殺されることになった心当たりをきいたが、二人には見当などつかないということだった。母も兄も、床島という男を知らなかった。

「結女子は、親思いのいい娘だったということだよ」

四賀《しが》刑事課長が言った。

「高校を出るとすぐに水商売に入って、最近も月に一度は両親を訪ね、母親に現金を渡していたということです」

道原は言った。

「最近は水商売じゃ、親の生活を援助するほど稼げないだろうにな」

「彼女は、愛人稼業に徹していたんじゃないでしょうか。前の住所に住んでいたころも、働きに出ていなかったようです」

床島と知り合った後も、彼女は働きに出ていなかったらしい。男から毎月受け取る金額の中から、一部を両親に渡していたということなのか。派手な顔立ちだが、結女子が古風な女性に感じられた。

銀座の「プライム」というクラブを見つけたときは九時半を過ぎていた。地下への入口に、マッチと同じように白地に黒い字の看板が出ていた。

裾にぼかし模様のある和服を着たママが出てきた。店がはねてからのほうがよければ出直すが、と道原が言うと、今夜はひまだからかまわないと、四十半ばの彼女は言った。

道原は地上でママから話をきいた。

結女子が「プライム」でホステスとして働いていたのは、五年ほど前のことだった。

「そのころは二十七、八歳だったと思いますよ。華やかな顔立ちですが、性格はおっとりしていて、あの子を好いていたお客さんは多かったですよ。たしかお父さんが、千葉の鉄工所に勤めていて怪我《けが》をして、それきり起きられなくなったという話でした。あの子、親の生活を支えていたんじゃなかったでしょうか」

ママの記憶では、「プライム」に五年間ほどいて、結婚するといってやめたという。

「結婚は口実だったでしょうね」

道原は言った。

「していませんか」

「どうやら、中年の男性の愛人になっていたようです。心当たりはありませんか？」

「うちへ飲みにくるお客さんは、たいてい中年の方です。結女子ちゃんにぞっこんだったって分かるようなお客さんは、いなかったような気がしますが」

五年も経過して、ママの記憶は曖昧《あいまい》になっているようだ。

そのママから、翌日の昼間、豊科署へ電話があったのを、道原は捜査中にきいた。

彼はすぐにママの自宅へ電話した。

「ゆうべ、うちの店に古くからいる女の子に、結女子ちゃんの話をしたんです。結女子ちゃんが上高地で殺されたといったら、可哀想にって、その子泣き出してしまいましてね……」

ママも声を詰まらせた。

約五年前、結女子は「プライム」を、結婚するといってやめた。が、親しかったホステスは、結女子を好きになっていた中小企業経営者がいるのを知っていた。

結女子はその男から、生活の不自由はさせないからクラブ勤めをやめないかといわれたのだった。彼女はそれを呑《の》み、昼間も勤めずに好きなことをして暮らすことにした。

かつてのホステス仲間とも音信を絶ち、その後どこでどんな生活をしているのかも分からなくなっていた。

道原は、結女子を好きになり、ホステスをやめさせたという中小企業経営者の名をきいた。

「吉岡《よしおか》さんという人です。その人の名刺が見当たりませんが、会社は江東《こうとう》区にあって、請求書を送らせていただいたことがあります。もう何年もうちの店にはおいでになりませんが、会社が移転でもされたのでしょうか」

ママはそう言った。

「吉岡という人は、結女子さんがお店をやめる当時、何歳ぐらいでしたか？」

「五十二、三歳ではなかったでしょうか。わりに背が高く、温厚そうな方でした。結女子ちゃんがその人とよくなったときいて、わたしは信じられませんでした」

結女子が品川区のマンションに住んでいたころ、一日おきぐらいのわりで訪れていた中年男は、吉岡のことではないか。

道原は、当時の吉岡の会社の所在地をママからきいてノートに控えた。

4

道原と伏見は、「プライム」のママに教えられた江東区の吉岡商店を訪ねた。

だが、その会社はすでになくなっていた。

吉岡商店は特殊な鋼板を扱っていたが、一昨年二月、取引先の金属部品メーカー倒産のあおりを受けて、倒産した。

社長は吉岡陸太郎《りくたろう》といって、当時五十二歳。妻を二年前に病気で失くし、大学生の長女と二人暮らしをしていた。

住居は会社のすぐ近くにあったが、倒産とともに手放すことになり、区内の古いマンションに移転した。

同社には一時四十人ぐらい社員がいたが、倒産によって七、八人が残るのみとなった。社長の吉岡は残務整理のために毎日出社していたし、七、八人の社員とともに会社再建を話し合っていたという。

吉岡商店が倒産した年の十一月だった。

吉岡は知人を訪ねるといって旅行に出たが、四日後、長野県の木曽《きそ》川で遺体で発見された。会社倒産を苦にした自殺ではないかということになったが、遺書は見つからなかった。

道原は、吉岡商店の再建に望みをつないで、最後まで勤めていた神尾《かみお》という男をさがし当てた。

神尾は五十歳だった。吉岡商店が倒産してからというもの、なにをやってもうまくいかず、住所も三回移った。

「刑事さんはさがすのがご商売ですが、ここがよくお分かりになりましたね」

神尾は、木造の古いアパート住まいをしていた。彼には二十代の娘が二人いるが、べつにアパートを借りて姉妹で住んでいるという。妻はパートで働いていて、夜八時過ぎにならないと帰ってこないといって、二人の刑事を部屋に上げるとお茶を淹《い》れた。

「吉岡陸太郎さんは、木曽川で亡くなったということですが、その付近に知り合いでもいたんですか？」

道原はきいた。

「木曽にはいなかったようです。諏訪《すわ》と岡谷《おかや》には取引先がありましたが、そこへは寄っていませんでした」

「では、吉岡さんは、仕事以外に目的があって、木曽へ出掛けたんですか？」

「それが分かりません。警察の方は、会社倒産のショックから立ち直れないことと、将来に希望が持てなくて、旅行中にふっと厭世《えんせい》的になったんじゃないかとおっしゃいましたが、私たちには納得できませんでした。昔からのお得意さんを相手に、小規模な会社を維持していこうと、話し合った直後のことでした」

神尾は、吉岡の自殺を否定した。

「吉岡さんの健康状態は？」

「胃腸があまり丈夫な人じゃありませんでしたが、それはご本人が自覚していて、暴飲暴食は避けていました」

「会社倒産の二年前に、奥さんを亡くされたということですが？」

「肝臓の病気で、三、四カ月寝込んでいましたが、助かりませんでした」

「お子さんは？」

「二人います。上が男の子で、富山の大学へ行っていて、下の娘さんが社長と一緒に暮らしていました。倒産のときはそれほどでもなかったようですが、社長が死んだときのショックは大きかったようで、娘さんのほうは半狂乱で、手がつけられませんでした」

「兄妹は、現在は同居していますか？」

「社長の妹さんの嫁ぎ先が持っている世田谷のマンションに、一緒に住んでいるということです。娘さんはまだ学生です」

神尾は、二人の刑事の前の湯呑みにお茶を注ぎ足した。

「吉岡商店が倒産するころ、社長の吉岡さんには親しくしていた女性がいましたが、神尾さんはご存じでしたか？」

「ちらっと噂をきいたことがありましたが……」

詳しいことは知らないというように、神尾は語尾を濁した。

「この女性なんですがね、お会いになったことはありませんか？」

道原は、五代結女子の写真を神尾に向けた。

「銀座のクラブで、一度だけ見たことがあります。鋼板問屋の人に連れて行かれた店で、『おたくの社長がぞっこんなのは、あの子です』といわれました。そのときは、うちの社長にかぎってまさかと思いましたが、噂はほんとうのようでした」

「名前を覚えていますか？」

「いいえ」

神尾は強く首を振った。

「この女性は、五代結女子さんといいます。去る五月八日、上高地の近くの山林内で、床島精次さんという人とともに刺し殺されて発見されました」

「え、えっ。あの事件の……」

神尾は口を開けた。

「結女子さんは二十八歳のころ、銀座の『プライム』というクラブで働いていて、吉岡さんと知り合いました。神尾さんが彼女を見たのはその店だったでしょう。……吉岡さんは彼女にホステスをやめさせ、マンションで毎日好きなことをさせていました。彼は一日おきに、彼女の部屋を訪ねていました」

道原は、神尾の顔を見ながら話した。神尾は当時の吉岡の日常に気づいていたのか、曖昧なうなずき方をした。

「吉岡商店は、一昨年二月に倒産しましたが、そのころ、社長と結女子さんの仲はつづいていたようです。倒産によって、彼女の生活を維持してやることが不可能になったといって、吉岡さんは円満に別れたんでしょうか？」

「さあ。会社の倒産で私たちも混乱してしまいました。社長の親しい人のことなんか考える余裕はありませんでした」

結女子は、約三年間、吉岡を迎えていた品川区のマンションから、一昨年五月、最後の住まいとなった世田谷区上馬のマンションへ移転した。この直後から床島精次は彼女の住所を訪ねている。

道原が推測するに、吉岡陸太郎は会社倒産によって個人の経済も破綻し、結女子の生活を支えることができなくなった。それで離別した。その直後、どういうきっかけかは知らないが彼女は床島と知り合った。

床島も彼女を愛人にし、住所を移転させた。彼は日中、堂々と彼女を訪ねていたのである。

「吉岡さんは、結女子さんと親しくなって約一年後に奥さんを亡くされた。年齢は離れているが、結女子さんを後添えにしたいという気持ちがあったんじゃないでしょうか？」

「どうでしょうか。社長に好きな人がいるのを知らないので、再婚を持ちかけた人は何人かいました。夫に先立たれた人や、離婚して大きな子供がいる女性との話もありました」

「そういう縁談を、吉岡さんは断わっていましたか？」

「どんな返事をしたか、いちいち覚えていませんが、断わったようでした」

「再婚の意思はないといって？」

「さあ。なんといったのか、それは知りません」

「吉岡さんと結女子さんが、会社倒産後別れたのは事実でしょう。吉岡さんは、好きな女性とさっと手を切れるような性格でしたか?」

「淡泊とか陽性という言い方は当てはまらないタイプです。倒産後、社員の将来についても気を病《や》んでいました。おそらく女性との別れでも、『もうあんたを食べさせていけないから、好きなようにしてくれ』なんて、言えなかったと思います」

「気の弱いほうでした?」

「はい。大胆なことのできる人ではありませんでした」

「吉岡さんの死亡は、やはり自殺だったのでは?」

「刑事さんも、そう思われますか?」

「吉岡さんは、結女子さんが忘れられなかった。しかし、経済的には彼女をつなぎとめておくことはできない。それでしかたなく手放した。彼女はほんの数カ月後にべつの男の愛人になったらしい。そうなった後も彼は、結女子さんを諦めきれなかったんじゃないでしょうか」

道原が言うと、神尾は天井に目を向けて顎を撫《な》でた。吉岡陸太郎の人柄を思い出しているようだ。

吉岡の長男佑一《ゆういち》は、去年富山の大学を卒業。東京へ戻って、映画やテレビの撮影用セットを作る会社にアルバイトとして勤めているという。

娘は羊子《ようこ》といって、都内の大学三年生。佑一も羊子も父親に顔が似ていると、神尾は言った。

「佑一さんと羊子さんは、お父さんが好きだった結女子さんを知っていたでしょうか?」

道原がきいた。

「どうでしょうか。社長はそういうことを自分から子供たちに話すような人ではありませんでしたが」

道原は、公衆電話から木曽署へ掛けた。一昨年十一月、木曽川で遺体で発見された吉岡陸太郎の調書を見てもらった。遺体が見つかったのは、上松《あげまつ》町の寝覚《ねざめ》の床《とこ》の近くだったという。

遺書はなかったということだが、吉岡の所持品の中に、女性の持ち物や写真はなかったかを尋ねた。

そういう物は持っていなかったと、係官は答えた。

吉岡は、どんよりと曇った朝、付近の人に発見された。持っていた名刺によって身元はすぐに判明した。娘と社員が駆けつけた。数カ月前に経営していた会社が倒産したという話を木曽署員はきいた。それで倒産のショックから立ち直れないのと、将来に希望が持てずに自殺したのではないかと判断したという。事故とも自殺とも決定する材料はなかったと、係官はつけ足した。

5

道原と伏見は、吉岡佑一と羊子を住まいに訪ねた。

二人は夕食をすませた直後だった。羊子が食器を片づけてテーブルを拭いた。神尾が言っていたとおり、二人は父親の吉岡に顔が似ていた。

道原は、食卓に並んだ兄妹に、五代結女子という女性を知っているかときいた。

羊子は少し首を傾《かし》げてから、「お兄ちゃん、知ってる?」というふうに佑一に顔を向けた。佑一は首を横に振った。が、眉間に黒い雲がかかったように暗くなった。道原は、佑一の表情に注目した。


「これが、私のいう五代結女子さんです」

道原は二人に、写真を向けた。襟元の大きく開いた白い服を着た結女子だった。

「あなた方のお父さんは、吉岡商店が倒産するまでの約三年間、この人ととても親しくしていました。この人の写真を、お父さんも持っていたんじゃないかな?」

「見たことありません」

羊子は答えたが、佑一はものを言わなかった。彼の目はテーブルの上の結女子の写真を見ていなかった。

「あなた方のお父さんは、三年間この人の生活も支えていました。だが、倒産によって二人の関係を維持していくのがむずかしくなった。お父さんはしかたなく、この人と別れることにしたようです。お父さんにとっては、ひょっとしたら、会社が潰《つぶ》れたことよりも、この人との別れのほうが辛《つら》かったかもしれない」

道原の顔を見ていた羊子は、下唇を噛んだ。瞳が光っていた。

道原は、帰りがけに気がついて、小振りの仏壇に線香を供《そな》えさせてもらった。陸太郎とその妻の位牌に向かって手を合わせた。

佑一と羊子には、上高地の近くの山林で、床島精次という男と、五代結女子が殺されていた事件を、一言《ひとこと》も話さなかった。

兄妹は、せまい板の間に立って二人の刑事を見送った。

結女子が最後に住んでいたところは、佑一らの住所と直線にして四〇〇メートルほどだった。

五月六日から八日まで、吉岡佑一が勤務先を休んでいたことを、道原らは翌日確認した。その会社は一般の企業と異なって、日曜や祭日がかならず休みとは決まっていなかった。休日に出勤した場合、他の日に代休を取ることができるという。

佑一の写真を手に入れ、結女子の住まいの近所の人に見せた。彼の顔に見覚えがあるという人が複数いた。五月七日の早朝、ザックを背負って立っている姿を見たという人もいた。

床島と結女子が上高地へ発《た》ったのは、七日の朝だった。

佑一が仕事を終えて出てきたところを、道原は呼びとめた。佑一は大きなチェックの厚手のシャツを着ていた。

一〇〇メートルほど歩いてから、公園へ入った。犬が地面を嗅ぐようにして遠ざかった。

「あんたは、五代結女子さんを知っていたね？」

道原は、背中に街灯を受けた佑一にきいた。佑一はスニーカーの爪先に視線を落として黙っている。

「あんたは、五月七日の朝、旅行に出掛ける五代結女子さんを尾《つ》けて行った。彼女はたぶん新宿駅で、男と落ち合ったに違いない。その男が床島精次さんだ。あんたは二年ぐらい前から、床島さんと結女子さんを知っていたんじゃないのかね？」

佑一は、小石を蹴った。何メートルか離れたところで、金属性の音がした。

「あんたと羊子さんが、親戚が持っているいまのマンションに入ったことと、結女子さんの住まいが距離にして四〇〇メートルぐらいしか離れていなかったのは、偶然だっただろう。あるいはお父さんの霊が、あんたたちを結女子さんの近くに住まわせたのかもしれない。あんたにとって、これは都合のいい条件だった。……あんたは、しょっちゅう、結女子さんの生活を観察していたね？」

道原は語尾を強めた。

佑一の首がわずかに動いた。

佑一をはさんで、三人はベンチに腰掛けた。

たまに公園を斜めに通り過ぎて行く人がいる。

——一昨年の二月。富山の大学にいた佑一は、父の会社の倒産を羊子から知らされた。

彼は父を心配して一時東京へ帰った。十日ほどしたある日、友人と会った帰りに電車を待っていると、父が自宅とは反対方向へ行く電車のホームに立っていた。佑一は父が気になって、そっとあとを尾けることにした。

父は品川区のあるマンションへ入って行き、ドアのインターホンを押していた。その部屋の人は不在なのか、父は肩を落として帰った。

佑一は、父が駅のほうへ行ったのを確かめてから、父が訪ねようとした部屋を見に行った。その部屋には表札は出ていなかった。

四月になって、佑一はまた東京へ帰った。二、三日後、父は夕方帰宅したのに、羊子が作った夕食も摂《と》らずに外出した。佑一には、父が自殺でもしそうに思われてしかたなかった。また父のあとを尾けた。

父はこの前と同じ品川区のマンションを訪ねた。その部屋は三階の一番端だった。佑一は外からその部屋を見上げた。その夜は窓に電灯がついていた。父が部屋のインターホンを鳴らしたろうと思われるころ、窓についていた明かりが消えた。佑一にはその意味が分からなかった。

父が階段を降りてきた。たったいま明かりの消えた窓の下に立った父は、暗い窓に顔を上げ、哀しげな声で「ユメコ、ユメコ」と呼んでいた。二、三回呼んでは間をおき、また同じように、「ユメコ」と呼んだ。それは三十分ほどつづいたが、ついに窓に明かりはつかなかった。

父のこんな姿を目の当たりにしたのは勿論初めてだった。乳を求めて母を呼ぶ子の姿にも似ていた。

次の日佑一は、ゆうべ父が顔を上げて哀しげな声で呼んでいた窓をじっと見ていた。カーテンが開き、窓が開いて、長身の女性が息を深く吸い込むように脚を開き両手を高く上げた。佑一の目には三十歳見当に映《うつ》った。

彼は実家にいるあいだ、何回も品川のマンションに住む女性を観察するために出掛け、三階の窓の見える場所に立っていた。何日かして、父が、「ユメコ」と呼んだ女性の部屋に男がきていることが分かった。

佑一にはおおかたの察しがついた。父は「ユメコ」に惚れていたのだ。が、会社倒産と同時に、父は彼女にとって魅力のない存在となった。それでも父は彼女が忘れられなかった。彼女には新しいスポンサーがついたが、彼女は父に、金のない男とは縁を切ることも、新しい男ができたことも話さなかったに違いない。

しかし父にはそれが納得できなかった。会社が倒産したというだけで、掌《てのひら》を返すようになった「ユメコ」が信じられず、話をすれば分かってもらえると思い込んでいたのではないか。

佑一は「ユメコ」の引っ越しを目撃した。家財を積んだトラックを尾行した。そのトラックを尾行しているタクシーがあった。タクシーの乗客はなんと父だった。

「ユメコ」の新居は世田谷区上馬のしゃれたマンションだった。今度も三階の部屋で、窓は池のある公園に面していた。

佑一は、「ユメコ」が五代結女子という名であることを知った。彼女のところへ通ってきている男が、都内の何カ所かで進学塾を経営している床島精次という男であることも知った。男が彼女の部屋から帰る道中を尾行して、住所を突きとめたのだった。

佑一は父に、結女子の正体が分かったろうから、目を醒ませと説得した。

すると父は「いや、結女子はお前がいうような女ではない。私は三年間彼女を見てきたのだ。一時の迷いでいまの男と付合ってはいるが、やがて私のもとへ戻ってくる女だ」と言い張った。

十一月。父は木曽川で水死体となった。この知らせを羊子から受けた瞬間、父は結女子と床島に殺されたのではないかと直感した。

木曽の警察は、会社倒産を悲観しての自殺ではないかといったが、倒産問題はほぼ解決していた。自殺だとしたら、結女子が忘れられなくて、いくら彼女と話しても戻ってこない。それで将来がまっ暗になり、濃緑のヒノキの色を映した川を眺めているうち、そこへ引き込まれるように入水したのではないかとも想像した。

佑一は、父が死んだ日の結女子と床島のアリバイを調べた。その結果、二人が旅行していた事実をつかんだ。

それを知って佑一ははっとして胸を押さえた。

父は、結女子と床島が旅行に出るのを尾け、旅先へそっと二人を尾行したのではないか。目的は、人目に触れないところで二人を殺害するためだった。

か。

父はそれを実行しようとした。が、見破られ、逆に木曽川へ突き落とされたのではなかったか。

佑一は、自分の推測を信じた。父は二人に殺されたのだと思い込むことにした。

父が死んで一年たった。叔母の家が所有しているマンションに空部屋《あき》が出たから、よかったら住まないかと連絡があった。

佑一と羊子は、その部屋を見に行った。そこはなんと、結女子の住所に近かった。偶然には違いなかったが、死んだ父に、「結女子を近くから監視しろ」と言われたような気がした。

羊子は移転に気乗り薄のようだったが、佑一は部屋が気に入ったと言った。叔母は家賃を取らなかった。この条件を羊子が断わるはずがなかった。

今年もゴールデンウィークが始まった。四月末の汗ばむような日、結女子が住まいのマンションの入口で若い女性と立ち話していた。通りがかった佑一は物陰に隠れて結女子らの話をきいた。彼女が五月七日に、上高地へ行くことを会話で知った。

ゴールデンウィークが終わった直後なら、観光客は比較的少ないのではないか。結女子の上高地散策を狙って父の無念を晴らすことを佑一は計画した。

佑一が予想したとおり、結女子は床島と一緒に上高地へ行った。八日の朝、二人はホテルを出てくると、梓川右岸に沿って上流へ向かった。明神池にでも行くつもりらしかった。

二人が岳沢の入口にさしかかったところへ、佑一はナイフを片手に飛び出し、ササの生《お》い茂った林の中へ入れと命じた。床島は顔面を蒼白にしながら、折れた枝を拾おうとしていた。その背中を佑一は蹴った。

林の中の雪は膝に達した。二人を林の奥へ追い込んだ。結女子が声を出すと、雪の玉を顔に投げつけた。

佑一は自分を名乗った。結女子と床島は震え、雪の上に膝を突いた。

「木曽川へ父を投げ込んだのは、お前たちだろ」

佑一は、ナイフを握って迫った。

床島は、「そうだ。いつまでも結女子につきまとうし、いずれ吉岡に殺されそうだと彼女がいうので、尾けてきたところを、橋の上から川に投げ落とした」と、白状した。

結女子は、荒い呼吸をしていたが、白いコートの前をはだけた。「あなたの女になるから、ナイフをしまって」と言うと、黒いズボンのファスナーを下ろした。

佑一は、彼女に向かって唾を吐いた。雪を漕いで逃げようとする彼女の背中に、力一杯ナイフを突き刺した。

床島も逃げた。が、雪に足を奪われて倒れたところを突いた。二度突いたのに床島は「助けてくれ、助けてくれ」とつぶやいていた――。

事件が解決して十日ほどしてからだった。

道原は河童橋の上にいた。白い石河原を茶色の犬が上流のほうへ向かっていた。

「おい。おーい」

道原は犬の名を知らないから、そう呼んだ。

犬は振り返らず、浅い流れを飛び越えて、茂みを縫って見えなくなった。

山村美紗

京都・十二単衣《じゅうにひとえ》殺人事件

著者・山村美紗《やまむらみさ》
斬新なトリック、華麗なる作風で「ミステリーの女王」の名をほしいままにした氏は、京都に生まれ、京都府立大学を卒業。中学校教師、テレビライターを経て、『マラッカの海に消えた』で推理文壇に登場。多くのファンに愛されたが、九六年、惜しまれつつ急逝。

1

五月十五日。

浜口《はまぐち》とキャサリンは、葵《あおい》祭りを見に来ていた。

衣冠装束の検非違使《けびいし》を先頭に、華《はな》やかに彩《いろど》られた牛車《ぎつしや》のきしみ、風流傘が通る。

続く女人行列では、藤の花で飾られた腰輿《ようよ》に、ヒロインの斎王代《さいおうだい》がのり、まわりを童女が囲んで、静々とすすむ。

約三百五十人の行列は、すべて、平安時代の風俗である。

「すてきだわ。まるで、桃の節句のお雛《ひな》さまが歩き出したみたい」

キャサリンは、大喜びだった。

浜口は、行列を背景に、キャサリンの写真を撮《と》り、キャサリンも、行列や観光客を何十枚も写しまくる。

「日曜日なので、例年よりずっと観光客が多いですね」

行列が行ってしまうと、二人は昼ご飯を食べに歩き出した。

「今年の斎王代は、とてもきれいだったわ」

キャサリンは、まだ夢を見ているような表情でいった。

斎王代は、毎年、京都の旧家の美しい娘から選ばれる。もともとは、皇室のけがれのないお姫さまから選ばれていたくらいだから、斎王代に選ばれるということは、京都の娘にとって最高の名誉である。

家柄もよく、教養もあるうえに美しいということが条件なので、一つのステータスになっている。

「十二単衣《じゅうにひとえ》は、二回ほど着たことがあるけど、やっぱり、あこがれの衣裳ね。もう一度、着てみたいわ」

キャサリンがいった。

二人は、京都会館の近くの「六盛《ろくせい》」という手桶弁当の店へ入った。

名人といわれる「たる源《げん》」の手桶に入った弁当を食べながら、浜口は、葵祭りについてキャサリンに話した。

「葵祭りの起源というのは、千四百年ほど前になるんです。賀茂縁起《かもえんぎ》によると、当時の欽明《きんめい》天皇が、暴風雨による田畑の被害を愁《うれ》え、賀茂大神《おおかみ》のお告げのままに祈願したところ、たちまち、風雨がやみ、五穀《ごこく》が実ったことから始まったといわれています」

「随分《ずいぶん》昔からあるお祭りなのね」

キャサリンは、彩りよく並べられた手桶弁当をつまみながらいった。

「そうですね。欽明天皇の時代というと、日本が、倭《わ》とよばれたころから、百年ほどしかたっていない大昔ですからね。賀茂の地域は田畑ばかりで、葵祭りの原型は、豊作の祭礼なのでしょうね」

「でも、今日見た行列は、平安時代のものだったわ。どうしてかしら？」

キャサリンが首をかしげた。

豊かな金髪が、波打ってとてもきれいだった。

「平安遷都のあとも、上と下の両方の賀茂（鴨）神社は人々の崇敬を集め、葵祭りも、国家経営の祭りになるなどして、平安時代に盛大をきわめたからですよ」

「それで、いちばん華やかだった平安時代の姿を映しているのね」

「そうです。昭和三十一年に、女人行列が復活してからは、祭りの人気がたかまってきましたね」

キャサリンは、手帳を出して、浜口のいったことを書きとめている。

相変わらず勉強熱心なキャサリンである。

食事がすんで浜口の家に帰って来て、喋っていると、テレビの三時のニュース番組がはじまった。

葵祭りの風景が映っているので眺めていると、そのあと殺人事件のニュースになった。

一人暮らしの女子大生が、自分の家で殺されたという話である。

犯人は、南側のガラス戸を叩き割って入り、女性の頭を殴って殺したらしいという。

「ひどいことをするなあ。可哀そうに」

浜口が呟《つぶや》いた。

物は盗られてなく、怨恨の線で調べているということだった。

キャサリンもうなずいていたが、次の瞬間に、二人は、はっとして画面を見つめた。

「なお、殺された被害者は、手の中に『ジュウニヒトエの男』と書きなぐった紙を握りしめていました」

と、アナウンサーがいったからである。

「犯人の名前だわ。イチロー、彼女も、葵祭りを見に行ったのかしら？」

キャサリンが、考える目をした。

「でも、十二単衣の女ならわかるけど、十二単衣の男というのは、どういう意味でしょう？」

浜口がきいた。

2

「葵祭りの中に十二単衣を着た男性なんているかしら？」

キャサリンは、わからないというような顔をした。

「さあ、しかし、手に紙を握っていたからといって、ダイイング・メッセージだとは限りませんよ。何か書いていたときに、突然、おそわれたかもしれませんからね」

「でも、それなら、ジュウニヒトエの男なんて書かないわ。ジュウニヒトエのお姫様とか、女性と書くんじゃない？」

「十二単衣の女性が美しいと書こうとして、『ジュウニヒトエの』まで書いたとき、男が入って来て思わず『男』と書いたのかもしれませんよ」

浜口がいった。

また、キャサリンが、ダイイング・メッセージだといって、熱中してしまうと困ると思ったからだった。

「どんな女の人だったのかしら？　恋人はいたのかしら？」

キャサリンがいった。

「恋人に殺されたのだとしたら、むごい殺し方ですね。殴り殺すなんて。殺すこと自体ひどいことだけど、もっとほかに殺し方があると思うけど」

浜口は、痛ましそうにいった。

「そうだわ、この間、テレビで、十二単衣を着て結婚式を挙《あ》げているのを見たわ。彼女は、その男性と十二単衣を着て、結婚式を挙げるのを楽しみにしていたんじゃないかしら。それならわかるわ。彼女は、その男の人を愛していたので、最後まで男の名前は書かなかったけど、一瞬、十二単衣が頭をよぎったのじゃないかしら？　そして、その相手の男ということで、犯人もわかると考えたのでは……」

キャサリンは、熱っぽくいった。

「ちょっと無理ですね。まあ、怨恨で探しているというから、犯人は、すぐにわかるんじゃないでしょうか？　彼女にしつこくいいよっていた男がいるとか、不倫の関係の男がいるとか……」

浜口は、考えながらいった。

「男ばっかり？　女だって犯人かもしれないわ」

「しかし、殴り殺すというのは、やっぱり男のイメージじゃありませんか？　女なら、毒殺するとか、刺し殺すでしょう？」

「そんなことはないわ。毒殺するには、毒物がいるわ。手に入れるのはむつかしいし、刺したら、犯人まで血だらけになるでしょう？　手ぢかなもので殴るというのは、自然よ」

「しかし、窓を割って押し入るというのはちょっと女性には無理なんじゃありませんか？　相手が女なら、被害者も安心して家の中へ入れるんじゃないでしょうか？」

二人は、しばらくその殺人事件について話していたが、そのうち忘れてしまっていた。

再びそのことを思い出したのは、翌日の新聞を見たときだった。

葵祭りに関連があると思われたためか、比較的記事は大きかった。

「十二単衣の男が犯人？」

という見出しもあった。

被害者の名前は、水原奈美《みずはらなみ》で、二十歳、京南《けいなん》大学文学部二回生で、住まいは、伏見《ふしみ》区丹波橋《たんばばし》の建売住宅と書いてある。

〈あれっ、京南大学の二回生？〉

浜口はびっくりした。

京南大学というのは、浜口の勤めている大学である。

しかし、学部はいくつにもわかれていて、学生数も多いので、学生一人一人を覚えているわけではない。

その日は、午後からの授業なので、ぼんやりと新聞を見ていると、キャサリンから電話がかかってきた。

「イチロー、新聞見た？」

「ええ、今見ているところです。水原奈美というのは、うちの学生らしいですね」

「そうなの、びっくりしたわ。マンションでなくて一軒家だったので、近所の人にもわからなかったのね。どんな学生さんだったのか、大学できいて来てくれる？　犯人が見つからないと可哀そうよ」

キャサリンは熱心にいった。

「しかし、同じ大学といっても文学部ですからねえ。あまり期待しないでください」

「わかったわ、有難う。私、これから彼女の家を見に行ってくるわ」

「えっ、そんな」

浜口がいったときには、電話はもう切れていた。

大学へ出勤すると、やはり、水原奈美のことが話題になっていた。

浜口は、文学部の友人、芦川陽一《あしかわよういち》に、授業が終わったあと会いたいと連絡しておいた。

3

授業がすんで戻って来ると、女事務員が、芦川助教授が、大学の前の喫茶店で待っておられますと伝えに来た。

浜口は、すぐに、喫茶店「都《みやこ》」へ行った。

「やあ、久しぶりだな。話って何だ？」

彼は、コーヒーを飲みながらいった。

彼も独身で、国文学を教えている。

浜口が、水原奈美のことをききたいというと、彼は、なんだというような顔をした。

「結婚するので、式に出席してほしいという話ではないかと思ったのに」

「いや、それはまだなんだ。キャサリンが、この事件に興味を持って、いろいろ調べてほしいというんだ」

「水原奈美については、刑事が僕のところにもききに来たよ。大して美人ではないけど可愛い子で、勉強も一生懸命するし、趣味も広かったね」

「どんな趣味があるんだ？」

浜口も、コーヒーをとってきいた。

「親が、滋賀県の土地持ちの旧家で、仕送りも多かったらしく、日本舞踊やお茶を習っていたそうだ。旅行などにもよく行ってたらしいよ。京都市内でも、源氏《げんじ》物語の寺や花の寺をまわったり、薬草の研究をしたりして、なかなか勉強家の娘だったようだね。僕が全部知ってたんじゃなくて、事件がおこってからきいたことも多いけど」

「それで、婚約者とか恋人なんかはいたのか？」

「それがわからないんだ。一人暮らしで、家の近所の人とは挨拶をする程度だったらしいし、男の姿を見かけたことはないというんだ。友達の女子学生にもきいてみたけど、国文学の大杉《おおすぎ》教授を尊敬していて、三年になったら、大杉ゼミに入りたいといっていたようだけどね」

「しかし、二十歳の女子大生に、恋人がいないということはないだろう？」

「そうだな。男子学生の中にでもいたのかな？　きいてみるよ」

そういうと、彼は、六時から源氏物語の市民講座があるからと行ってしまった。

大学から帰って、キャサリンに電話しようと思っていると、チャイムが鳴った。

キャサリンだった。

彼女は八宝菜《はっぽうさい》と春巻きを作って来たといって、キッチンで甲斐《かい》がいしく働きはじめた。花の刺繍《ししゅう》のあるサロンエプロンをしているキャサリンは、とても可愛くみえた。

「ご飯も持って来たのよ。さあ食べましょう」

テーブルの上には、中華料理がにぎやかにのっていた。

浜口は、食事をしながら、芦川助教授にきいたことを話した。

「私も調べて来たわ。彼女の家へ行ったら、友人たちがいっぱい来てたから、この女性には、道で会って話したことがあって知っているのだといって話をきき出したの」

「いいかげんなことはいわないほうがいいですよ。それで、何がわかったんですか？」

「彼女は、葵祭りを見に行く約束を、友達三人としていたのに、来なかったんですって」

「何といって断わったんですか？」

「気分が悪いからといって」

「じゃあ、何か変化があったんだ。恋人ともめるとか、心配事があったとか」

「でも、彼女に、恋人がいたという話は出なかったわ。ボーイフレンドは二、三人いたというけど。むしろ彼女は、大杉教授や、今、イチローがいった芦川助教授の崇拝者で、他の男性は、目に入らなかったんじゃないかといってるわ」

「大杉教授というと、今回、文学部の学部長選に出ることになっているんですよ。彼には、妻子がいるけど」

「もし、彼が奈美さんと不倫の関係にあったら、学部長選の前に、清算したいと思ったのかもしれないわ。しかし、彼女は応じなかったので殺された」

「その場合だったら、ガラス戸を叩き割って入ったりしないと思いますね。中には入れるでしょうから」

「でも、彼女が、イヤだといってあけなかったら、叩き割るしかないわ」

「そうかなあ。もちろん、彼女が殺されるかもしれないと思ったら、あけはしないでしょうが……」

浜口は考え込んだ。

4

「芦川という、イチローのお友達はどうかしら？」

「えっ、芦川が？　でも、彼は独身だし、彼女と深い関係だったとしても、殺すということはないんじゃないかなあ」

「でも、彼にもっと出世につながる縁談があったら、彼女は邪魔よ」

「そういえば、いつか、学長の娘をもらってくれないかといわれて困ってるといってたけど」

「その話がきまったんじゃない？　イチロー、きいてみて」

キャサリンが勢い込んでいった。

「友達なのに、そんなことはきけないと思うけど、結婚がきまったのかとはきけるはずよ」

「あの女《ひと》を殺したのかとはきけないですよ」

「そういえば、彼は、僕が呼び出したとき、なんだ、結婚がきまったので、式に出てくれというのかと思ったといったけど、あれは、彼のほうがそういう状態なので、つい出てしまったのかもしれませんね」

「きっと、彼の結婚は近いのよ。うまくきいてみて」

「ええ。きいてみましょう」

浜口は、うなずいたが、どうしても芦川が犯人だとは思えなかった。それで、

「しかし、彼女のボーイフレンドには、どんな男がいたんですか?」

と、きいた。

「源氏物語の寺をまわったりするサークルの男性で、同じ大学の三回生の、中瀬川《なかせがわ》春彦《はるひこ》という人、それから、薬草研究会の中井《なかい》つとむ、同じクラスの山下《やました》二郎《じろう》の三人よ。でも、恋人とか、そんなんじゃないと思うと、仲間の女子大生はみんないってたわ」

「薬草の会というのは、面白いですね。薬草の中には、毒薬もあるんでしょう?」

「そうね、トリカブトとか」

「薬草をよく知ってるものが犯人だったら、毒草で殺すんじゃないでしょうか?」

「さあ、どうかしら？　毒草で殺したらいっぺんにわかってしまうから、わざと乱暴に殴り殺したんじゃない？」

「そうともいえますね。ところで、彼女は、前日は、大学へ出たんですか？　土曜日ですが」

「彼女のとっている講義は、土曜日はないので、薬草を摘《つ》みに一人で行ったそうよ。お昼ごろ、友達の鮎子《あゆこ》という女性のところに電話がかかってきて、伏見区の桃山《ももやま》城の近くにいると、楽しそうにいっていたらしいの」

「それが、彼女の声をきいた最後ですか？」

「ノー。彼女に、六時ごろには薬草研究会の中井つとむが電話をかけているの。日曜日も行くのなら一緒に行こうかって。そしたら、いや、明日は行かないといい、どんな薬草を摘んだのかきいても、元気がなく、すげなく切ってしまったらしいわ」

「土曜日の午後、何か起こったんじゃないでしょうか？　たとえば、不倫の関係の男性と会って別れ話をされたとか」

「つまり、大杉教授のこと？」

「かもしれないし、別の男かもしれませんね。土曜、日曜と休みで、独身の恋人がいたら、どこかへ遊びに行ってますよ。友達にもデートだというだろうし」

「彼女は、土曜日の午後、よほどショックを受けたんだわ。交通事故のひき逃げを目撃したんじゃないかしら？　その車のナンバーを覚えていて、相手を突きとめたのかしら？」

「でも、そんな場面に行きあわすというのも、めったにないことだし、何かあるのかもしれませんね」

しばらく黙っていたキャサリンが、

「イチロー、明日は何時に帰れるの？」

と、きいた。

「明日は……、朝からありますから二時四十分で授業は終わりです」

「じゃあ、桃山へ行きましょう。彼女が薬草を摘んだ場所に行ってみるわ」

「でも、桃山城の見えるところといっても広いですよ。それに、彼女は、薬草を摘んでいたと嘘をいってるのかもしれないし」

浜口は、また、キャサリンの探偵癖がはじまったと苦笑しながらいった。

「お友達の鮎子さんにきいてみるわ。彼女も、薬草の会のメンバーなの。その日は九州から母親が来ていたので行かなかったけど、行っていればよかったと悔やんでいたわ」

キャサリンは、食べ終わると、食器を洗って片付け、

「じゃあ、明日ね」

と、帰って行った。

その夜、浜口は、芦川に電話して結婚のことをきいた。

「ああ、秋に結婚することにしたんだ。いつかいってたと思うけど、学長のいちばん下の娘なん

だ。君のほうがきまったのならいおうと思っていたんだよ。麻由子《まゆこ》といって、いい娘だよ」

5

翌日、浜口が大学から帰って来ると、家の前にキャサリンと若い娘がいて喋っていた。

「あ、イチロー。この方が鮎子さん、今日、一緒に案内してくださるの」

「川上《かわかみ》鮎子です。先生は、大学でお見かけしたことがあります」

鮎子は、にこにこしながらいった。

キャサリンが、浜口の車で行きたいといったので、浜口が運転し、後部座席に二人が乗った。

女二人は楽しそうにお喋りする。

浜口は、黙って運転しながらきいていた。

「ねえ、春の野山で採《と》れる薬草ってどんなものがあるの？」

「ユキノシタって知ってるでしょう？　白い花の。葉を煎《せん》じて飲めば風邪や熱にきくし、そのまま、もんでつければ、腫《は》れものにききますわ」

「私、よく風邪をひくの。いいことをきいたわ。うちの庭にも植えたいわ」

「じゃあ、今度持って行きます。風邪には、フキノトウもいいんですよ、煎じて飲むかお汁に入れて飲むと、ちょっと苦味《にがみ》があるけど」

「私、草というと、ハコベくらいしか知らないの」

「ああ、ハコベは、中国では『繁縷《ハンロウ》』といいます。これは、盲腸炎のちらし薬になりますわ」

「本当？　ハコベが？」

「昭和のはじめに、ロンドンの軍縮会議に出発する若槻礼次郎《わかつきれいじろう》が盲腸炎になり、ハコベを飲んでよくなったというのは、有名な話です」

鮎子は、キャサリンが信じないようなので、ムキになっていった。

「鮎子さんは、よく知ってるのね。すてきだわ。これから私にもいろいろ教えてね」

「よろこんで教えますわ。あそこに、ナンテンがあるでしょう？　あの実は、咳《せき》止めになるんですよ。赤い実と白い実がありますけど、どちらかというと白い実のほうがいいんです。一日五グラムから十グラムを二回に分けて飲むと、のどの痛みや口内炎、それから、お酒の悪酔いにもききます。でも、分量をあやまると有毒ですから気をつけないと」

「まあ、毒があるの。毒のある植物も多いでしょうね」

キャサリンは、興味を感じたらしく、それから、毒草の話をはじめた。

浜口も感心してきいていた。

最初は、若い娘がなんで薬草なんて老人のようなものに興味を持つのかわからなかったが、きいてみると、なかなか面白い。

鮎子は、

「私たち、薬草ばかり集めているんじゃないんです。野山の草の中には、万葉集《まんようしゅう》に出て来る草花もあるし、とっても楽しいわ」

と、いった。

浜口は、きっと亡《な》くなった水原奈美という娘も、鮎子と同じように野草が好きな真面目《まじめ》な女性だったのだろうと思った。

車は、丹波橋から上へ上がり、JRの踏切を越えて桃山城に近づいていた。

高級住宅も建っているが、まだまだ空地も多く、草木がたくさん茂っていた。

浜口は、空地の一つに車を停め、徒歩で山手に上っていった。

「あら、つくしがあるわ。それからイタドリも」

鮎子が、そばへ行って摘む。キャサリンも同じようにした。

「イタドリも薬草になるし、あの松だって、樹に切り傷をつけて出る松ヤニはバンソウ膏《こう》やパップ剤になるわ。それを水蒸気蒸留して得た油はテレビン油で、のこりはロジンというんです。野球の投手が、ボールの滑り止めにするロジンバッグは、この粉です」

「まあ、知らなかったわ」

「松の葉を生で食べると、喘息《ぜんそく》にきくのよ。松の葉はビタミンCにとんで、高血圧の薬にもなるわ」

「じゃあ、私も食べてみようかな」

キャサリンが松に近づいた。

なんにでも興味を覚える好奇心のかたまりなのだ。

ところが、松のところへ上っていったキャサリンが、松葉もとらずにぼんやりと一点を見つめている。

「どうしたんですか?」

「………」

浜口が上っていって、キャサリンの見ているほうに視線をうつした。

その先の土の上に、まるで、つくしか何かが生《は》えているように、人間の指が出ていた。

6

土中から見つかったのは、若い女性の死体だった。

首を締めて殺されたとみえて、首に紫色のロープのあとがつき、ロープも、そのままついていた。

すぐに、パトカーが来て、京都府警の狩矢《かりや》警部と、橋口《はしぐち》警部補がやって来た。

「おや、キャサリンさん、今日もあなたが発見者ですか?」

狩矢は、驚いたようにキャサリンを見つめた。

「そうなんです。実は……」

キャサリンは、死体を発見した経過を話した。

「というと、彼女は、この女性を殺すところか、埋められるところを見たので殺されたのかもしれませんね」

狩矢は、そういうと、検死官に、土の中から出た死体の死亡推定時刻をきいた。

検死官の話では、土曜日の午後四時前後に殺され、すぐに、ここに埋められたのだろうということだった。

「この女性を知りませんか？」

狩矢は、キャサリンと鮎子に向かっていった。

「知りません」

「私も。同じ大学の学生じゃないと思います」

鮎子は、じっと死体を見つめながらいった。

「とにかく、お知らせいただいて有難うございました。また、話をおききしに行きます」

狩矢はそういって、遺体を警察の車で伏見署に運んで行った。

「本当にびっくりしたわ。土の上に出ていたのは、人差し指だったのね。色が黒ずんでいるし、乾燥してるので、最初は、何かと思ったわ。でも、爪があったので、やっと人間の指だとわかったわ」

帰りの車の中で、キャサリンがいった。

「やめてっ、気持ちが悪いわ」

鮎子は、口をおさえた。

「ごめんなさい。でも、あの女性が誰かわからないのに、犯人の目当てはつくのかしら？」

しばらく黙っていたのに、今度は、鮎子がいった。

「僕たちが知らないだけで、明日の新聞に出れば、身元がわかると思いますよ。犯人はきっと、あの女性の身近な人物だと思うけど」

浜口が運転しながらいった。

「でも、どうして指が出ていたのかしら？　雨が降ったからかしら？」

怖《こわ》いもの見たさというのか、鮎子が事件の話をむし返す。

「土が浅かったこともあるけど、死後硬直で、指が出たんでしょうね」

「ああ、怖いっ」

鮎子は、軀《からだ》をすくめた。

「死人の執念かもしれないわ」

キャサリンが沈んだ声でいった。

翌日、死んだ女性の身元がわかった。

関佐代子《せきさよこ》といって、会社に勤めるＯＬで、二十五歳だという。

彼女は、高卒だが、着物教室に通ったり、手芸をするのが好きなおとなしい女性だったという。

「おとなしい女性ばかり二人も殺されましたね。これは一体どういうことでしょうか？　僕は、腹が立ってたまらない。真面目に女らしく生きている女性が殺されるなんて」

さすがに浜口も怒っていた。

遊びに来ていたキャサリンも、それは、同感だった。

「でも、おとなしくみえていても、一方で不倫をしてるかもしれないわ。女って意外な面を持っているのよ」

といった。

「キャシイにも、驚くような一面があるんですか？」

浜口が笑いながらいうと、キャサリンは、真面目な顔になっていった。

「そうよ」

「えっ、誰か別に恋人がいるんですか？」

浜口は驚いていった。

「私の意外な一面は、家庭的だということよ。アハハ」

「なんだ、びっくりしましたよ」

「ところで、この女性だけど、橋口さんの話では、京南大学に恋人がいたんですって」

「えっ、何という人？」

「それがわからないらしいわ。会社の同僚にも、相手は、京南大学に行っているとはいっているんですが、名前はいわなかったらしいわ。恋人が京南大学に行っているというのが、高卒の彼女にとっては、ちょっと誇りたいことだったみたいよ」

7

「まさか、京南大の大杉教授か、芦川じゃないでしょうね。彼女が、京南大学に行っているといったのは、学生という意味じゃなくて、勤めているという意味かもしれませんね。名前をいわないのは、いえない事情があったか、相手が秘密にしろといったか……」

浜口が心配そうにいった。

「それだったら、イチローも容疑者になってしまうわ」

「えっ、どうして？」

「だって、京南大学に行っているわ」

「ひどいことといわないでください。僕は、あの女性なんか見たこともない」

「当たり前よ。アハハ」

キャサリンは笑った。

「橋口さんの話では、彼女の部屋の押入れには、万葉集や古今集《こきんしゅう》、源氏物語などの本が随分たくさんあったというわ。中に、京南大学で教科書に使っているものもあったというの。大学でしか買えないものだというから、彼女の恋人が京南大学関係者であることは間違いないわ。それも、国文学関係よ」

「よかった、国文関係で」

浜口は、ほっとしたようにいった。

「きっと彼女は、彼に合わせようとして、一生懸命勉強していたのね。いじらしいわ」

「彼女が死んだというのに、彼女の恋人は、現われないの？」

「ええ。現われないらしいわ。橋口さんは、現われないからといって、犯人とはきめられない。もし、不倫の関係などだったら、出て来れないだろうし、独身でも彼女と結婚しようと思っているほど愛してなかったら、現われないだろうといっていたけど、男ってそんなものかしら？」

「僕は違うよ。嘘だと思うなら死んでみたら」

ドタンと、その瞬間にキャサリンが倒れ床に長くなった。

「キャシイ、どうしたの、キャシイ」

浜口が胸をゆすると、キャサリンは、キャッといって目をあけた。

「くすぐったいわ」

「冗談だと思ったけど、白目をむいて動かないからびっくりしましたよ。ふざけた拍子《ひょうし》に、どこかで頭でも打ったのかと思って」

「アハハ」

キャサリンは、立ち上がりざま、すばやく浜口にキスをした。

「帰るわ。イチロー、また、あした来る」

キャサリンは、さっさと帰って行った。

翌日になって、参考人として、大杉教授が警察で調べられていることがわかった。

彼のライターが、被害者の埋められていた場所の近所の草むらから発見されたからである。

大杉は、そのライターは、数日前になくしたものだといったが、土曜日のアリバイがなく、容疑が濃くなったものである。

教授は、源氏物語の権威で、大学以外でも新聞社の主催するカルチュア講座を持っていたので、それをききに行った彼女と知り合ったのではないかと、警察ではみているようだった。

翌日やって来たキャサリンと、さっそく、その話になった。

「教授のカルチュア講座は、女性に大変な人気らしいわ。イギリスの紳士のような風貌と知性、それにユーモアをまじえわかりやすく源氏物語の話をするので、ききに来る人で満員だというわ。でも、これで、学部長選挙は、ダメになったわね。犯人でなくても、警察で調べられたというだけで。実名は発表してないけど、源氏物語の大家でO教授といえば、彼だとわかってしまうわ」

「それに、十二単衣の男というのも、源氏物語を教えている男ということを示したのかもしれませんね。さすがに、水原奈美さんも京南大学の学生だから、教授の名前は、書けなかったんでしょうね」

浜口がため息をついた。

「教授は、学部長選で、関佐代子という女性と不倫の関係にあるのはまずいと思って、別れることを提案した。でも、女性が嫌だといってきかなかったので、仕方なく殺して埋めた。それを、たまたま、野草を摘みに来た奈美さんが見てしまったのね。彼女は、女性のほうは知らなかったと思うけど、犯人が教授なので、息がつまるほど驚いた。教授のほうも、目撃された相手が、自分の大学の学生だと気がついて、名簿を調べて住所を突きとめ、翌日殺したんだわ」

「それで、自白するでしょうか？」

「頑強に否認しているみたいよ。それにイチロー、大変なことをきいて来たわ」

「何ですか？」

浜口は、帰りに買って来たサクランボを出しながらいった。

8

「埋められていた女性は、妊娠していたそうよ」

「えっ」

「その赤ん坊の血液型を、今調べているらしいわ」

「彼女は、何型なんですか？」

「A型よ。赤ん坊がA型なら、相手は特定しにくいけれど、違う血液型ならわかるわ」

「教授は何型なんだろう？」

「大学できくわけにはいかない？　大学病院の看護婦さんにきけばわかると思うわ」

「ちょっとききにくいなあ」

「じゃあ、教授の行きつけのお医者さんか、病院できいてくるわ」

「待ってください。明日きいてきますよ」

「本当？　有難う、イチロー。ついでに芦川助教授のもわかるとうれしいんだけど」

「え、彼も疑っているんですか？」

「でも、芦川さんも、市民講座を持っているんでしょう？　彼の可能性もあるわ」

「わかりましたよ」

浜口は、苦笑した。

翌日、浜口が調べたところによると、教授はO型、芦川はB型であることがわかった。

翌日の午後、浜口とキャサリンは、宇治《うじ》の平等院《びょうどういん》に藤を見に行った。

平等院の藤を見るのは、毎年きめていることなので、欠かすわけにはいかなかった。

表門から入って正面の観音《かんのん》堂横に藤棚がある。樹齢二百年というここの藤は、何回見てもすばらしかった。

ひと通り見終わると外へ出て、宇治川の見える茶店に入って、二人は、茶だんごを食べた。

そこで、浜口が、教授と芦川の血液型を話すと、キャサリンも、自分の調べて来たことを報告した。

「鮎子さんにきいて、水原奈美さんのボーイフレンドだった男たちの血液型を調べて来たわ」

「妊娠したのは、水原奈美じゃありませんよ。関佐代子なんですよ。どうして、水原奈美くんのボーイフレンドが容疑者になるんですか？」

浜口は、わけがわからないというようにいった。

「奈美さんが、女性が殺されているところか埋められているところを見たとしたら、すぐに、警察にいうはずだわ。それをいわなかったのは、犯人の名前を知ってたからじゃないかしら？」

「なるほど」

「女性のほうは、たぶん知らなかったと思うから、犯人のほうを知っていたのよ。それも、よく知っている人なんだわ。だから、彼女は苦しんでいた。それに、佐代子さんの相手は京南大学関係者だというわ。だから、調べたのよ」

「わかりましたよ。それで、血液型は、どうだったんですか？」

「同じクラスの山下二郎さんがA型、中瀬川春彦さんがO型、それから薬草研究を一緒にしていた中井つとむさんがB型よ」

「ちょっと書いてみましょうか？」

浜口は、ノートを出して書いた。

山下二郎　A
中瀬川春彦　O
中井つとむ　B
大杉教授　O
芦川助教授　B

「そこで、赤ん坊の血液型がBとわかって、教授は、無罪放免となったわ。佐代子さんの首を締めたロープにも、かすかに、犯人の血液がついているのがわかって調べたところ、B型だったらしいわ。強くロープを引っぱったために、皮膚がすれて血が出たのね」

「じゃあ、犯人は、芦川か中井ということになりますね。中井というのも、源氏物語を専攻しているんですか？」

「そうよ。卒論は、源氏物語らしいわ」

「どっちでしょうね？」

「中井という人は、京都市の野草の研究サークルを作っているし、野草を摘むとか薬草の会というのは、若い女性の間で流行しているらしいわ。彼女も、野草の標本を作っていたというわ」

「じゃあ、中井だ」

「でも、きめ手がないわ。それに動機も」

キャサリンは、茶だんごをほおばりながらいった。

「動機は、いくらでもあるんじゃないかな。彼は、遊びのつもりで手を出したけど、佐代子さんのほうは、本気で結婚したいと思い、妊娠した。彼は、就職もひかえているし、まだ結婚したくない。それに、結婚するのなら、もっと金持ちの家庭の大学も出ている女性がいいと思っていた。水原奈美なら、殺されずにすんだかもしれない。彼女の家は、財産家で、大学でもよくできる女性だというからね。彼としても、子供をおろし、別れてくれるように随分説得したが、佐代子は、ききいれなかった。それで殺してしまったのかもしれないよ。それをたまたま、仲のいい奈美さんに見られてしまった。それで、一晩考えた末、彼女も殺してしまった」

「随分、力を入れて彼が犯人だと主張するのね。芦川さんは友達だからかばっているの？」

キャサリンはほほ笑《え》んだ。

「そんなことはないけど……」

浜口は、キャサリンが、だんごを食べ終わっているのに気がつくと、あわてて、自分のだんごを口に入れた。

9

二人は、宇治からの帰りに伏見の、佐代子が埋められていた現場に行ってみた。

そこは、もう埋めなおされていて、花束がぽつんと一つおかれていた。

キャサリンは、手を合わせて拝んでから、あたりを見まわした。

「あら、きれいな花があるわ」

キャサリンは、紫色の濃淡の花を抜いた。

「やめたほうがいいですよ。死体のあった近くの花なんて気持ちが悪いですよ」

「いいわ。摘んでしまったから捨てるのも可哀そうだから、家に持って帰って植えるわ。佐代子さんの供養《くよう》にもなるし」

キャサリンは、チリ紙を出して根をつつみ、手にさげた袋に入れた。

次の日、キャサリンが、浜口を大学のそばで待っていた。

「これから、狩矢警部に会いに行くの。一緒に行って。お願い！」

「どうしたんですか？　また、誰か死んだんですか？」

「違うわ、犯人がわかったの」

「えっ、誰ですか？」

「あとでいうわ」

キャサリンは、浜口の車に乗り込むと、運転をかわり、府警本部へ走らせた。

あらかじめ電話をしてあったらしく、狩矢と橋口が迎えてくれた。

「犯人がわかったということですが、本当ですか？」

狩矢がきいた。

「ええ。これを見てください」

キャサリンは、前日、浜口と一緒にとった花を植木鉢に植えて持って来ていた。

「この花の名前をご存じですか？」

「いえ、知りません。可愛い花ですね」

「ジュウニヒトエというんです」

「えっ」

「奈美さんの家の庭の隅にも、この花が植えてありました。たぶん、彼女は、あのあたりでこの花を抜いたあと、車でやって来た犯人が、一緒に来た佐代子さんを殺し、埋めているのを目撃したのだと思います。彼女は、その犯人が自分の知っている男であることにびっくりし、ショックで動いたところ、犯人に見られてしまったのだと思います。犯人の名前を知らなければ、彼女のように正義感の強い純粋な女性は、すぐに、警察に通報していたと思います。犯人も彼女を知っていたので、一晩悩んだ末、翌日、彼女をおそって殺したのです。その男性は、B型の男で、京

「二人います」

「誰ですか？　それは？」

「彼女の身辺に、源氏物語を専攻し、血液型B型の男は、二人います」

「芦川助教授と、中井つとむですね？」

狩矢がいった。彼らも調べているのだ。

「その二人のうちの一人の家には、これと同じ十二単衣の花が植えてあります。この花に、十二単衣という名前がついたのは、花軸《かじく》に、小さな花が重なって咲く様子が、昔、宮中で女官が着た、五枚から十枚の着物を重ね着した十二単衣に似ているからだそうです。鮎子さんが教えてくれました。薬草ではないけど、よく知っているといってました。最近、京都ではあまり見かけなくて、あの場所にしかないといってました」

「どちらの男の家に、その花があるんですか？」

橋口がきいた。

「芦川助教授の家です」

浜口は、思わず「あっ」といった。

10

「たぶん、芦川さんは、彼女をあの場所に誘い、殺そうと思ったんだわ。そこで、佐代子さんがあの花を見つけ、彼に一株とって渡し、自分も一株持って帰ろうと、しゃがみ込んだとき、彼女は締め殺されたのでしょう。芦川さんは、彼女を締め殺すとき、手をあけるために、持った花を、かばんか何かに入れ、それを忘れて持って帰ってしまったのです。人を殺して埋め、それを目撃されたショックから、この花のことは、すっかり忘れてしまっていた。家で気がついたあと捨てようと思ったが、ゴミの日は先だし、ゴミ箱に入れておくとまずいと思って、庭に植えたんですわ。どうせどこにでもある花だと思ったんでしょう。中井さんのほうだったら、野草の研究家ですから、当然『十二単衣』という名前も知っていたと思うし、奈美さんが、『ジュウニヒトエの男』とダイイング・メッセージを残したと知ったら、処分しているはずです。奈美さんは、現場に芦川さんと女性がやって来たとき、尊敬し、あこがれている芦川先生が、アベックで来たことに驚き、かくれていた。ところが、彼は、女性を殺し、その場に埋めはじめた。奈美さんの緊張は、限界に達して、動くか、声を出してしまったのだと思います。芦川さんのほうも、奈美さんに気づき、土をかけるのもそこそこに逃げ出した。が、家に帰ってから、心配になって来た。あれが、自分の教え子だと気がついたんです。彼は、学長の娘さんと結婚がきまっていたので、佐代子さんが邪魔になったんですわ」

「ちょっと待ってください。今、別室に中井つとむが来ているんです。われわれも、彼がB型であることから、話をきこうと呼んだんです」

浜口とキャサリンが待っていると、やがて、狩矢が中井をつれて戻って来た。

中井は、キャサリンたちがいるのに気づくと、ちょっとびっくりしたような顔をしたが、椅子に座った。

キャサリンが、鉢植えを中井の前に出した。

「十二単衣ですね。どこにあったんですか？」

彼は、けげんな顔をした。

「やっぱり、彼はシロですわ」

キャサリンが満足そうにいった。

狩矢と橋口が、芦川に話をするために駆け出した。

事件は解決した。

やはり、彼は、十二単衣の名前を知らず、雑草だと思っていたのである。

彼の庭にあった十二単衣の花には、警察の調べの結果、佐代子の爪のマニキュアのかけらが付着していて、それがきめ手になった。

彼は、キャサリンの考えたとおり、市民講座をしているとき、質問に来た佐代子と知り合い、手をつけた。

軽い遊びのつもりだったのに、男性にはじめて軀を許した佐代子は、彼に夢中になり、今は安全期間だと嘘をいって妊娠し、結婚を迫った。

学長の娘と結婚することがきまっていた芦川は、妊娠をきいてうろたえ、彼女を殺してしまったのである。

学生のほうは、教師のほうをよく知っているが、教師のほうは、学生を一人一人覚えているわけではない。一晩おいて殺したのは、自分の大学の学生だとは思ったが、名前と住所がわからない。それで、一晩かかって必死で調べたのである。

チャイムを押してドアをあけてもらおうとしたが、彼女は、チェーンをかけたドアの隙間《すきま》から見て、芦川だとわかると、ドアを閉めてしまい、どうしても入れない。

仕方なく、ガラスを割って中へ入ったのである。

奈美は、あこがれていた芦川だし、自分たちが習っている助教授なので、警察にいうこともできず、メモに『ジュウニヒトエ』と書いて考えているところへ、彼がガラスを割ってとび込んで来たので、とっさに、『の男』とつけ足《た》したのである。奈美の残したメモの字は、『ジュウニヒトエ』というのは、きちんと書いてあったが、『の男』のところは、乱暴になぐり書きになっていたという。

事件が解決して、最初の日曜日、浜口は、キャサリンの家で十二単衣の花を見ていた。

「彼女たちは、源氏物語を読み、野草を愛していたから、十二単衣の花が、犯人を見つけてくれたのね」

「女の執念は怖いな」

「えっ」

「キャサリンの執念が、犯人をつかまえた。すばらしいといったのです」

「有難う、イチロー。私を殺したら、何の花が咲くと思う?」

「金髪草」

「アハハ」

十二単衣の花が、五月の風にそよいだ。

●初出誌

「琵琶湖《びわこ》周遊殺人事件」　西村京太郎　月刊「小説ｎｏｎ」一九九八年十月増刊号

「背信の空路」　津村秀介　月刊「小説ｎｏｎ」一九九一年八月号

「遠い約束」　小杉健治　月刊「小説ｎｏｎ」一九九六年二月号

「黒苗《こくびょう》」　鳥羽　亮　月刊「小説ｎｏｎ」一九九二年九月号

「攫《さら》われた奴」　日下圭介　月刊「小説ｎｏｎ」一九九五年十二月号

「裂けた脅迫」　中津文彦　月刊「小説ｎｏｎ」一九九五年十二月号

「愛の時効」　五十嵐　均　月刊「小説ｎｏｎ」一九九五年十二月号

「右岸の林」　梓　林太郎　月刊「小説ｎｏｎ」一九九五年六月号

「京都・十二単衣《じゅうにひとえ》殺人事件」　山村美紗　月刊「小説ｎｏｎ」一九八八年六月号

『京都・十二単衣《じゅうにひとえ》殺人事件』（光文社刊）収録

不可思議な殺人

一〇〇字書評

切り取り線

購買動機（新聞、雑誌名を記入するか、あるいは○をつけてください）	
□（　　　　　）の広告を見て	
□（　　　　　）の書評を見て	
□ 知人のすすめで	□ タイトルに惹かれて
□ カバーが良かったから	□ 内容が面白そうだから
□ 好きな作家だから	□ 好きな分野の本だから

・最近、最も感銘を受けた作品名をお書き下さい

・あなたのお好きな作家名をお書き下さい

・その他、ご要望がありましたらお書き下さい

住所	〒				
氏名		職業		年齢	
Eメール	※携帯には配信できません	新刊情報等のメール配信を 希望する・しない			

この本の感想を、編集部までお寄せいただけたらありがたく存じます。今後の企画の参考にさせていただきます。Eメールでも結構です。

いただいた「一〇〇字書評」は、新聞・雑誌等に紹介させていただくことがあります。その場合はお礼として特製図書カードを差し上げます。

前ページの原稿用紙に書評をお書きの上、切り取り、左記までお送り下さい。宛先の住所は不要です。

なお、ご記入いただいたお名前、ご住所等は、書評紹介の事前了解、謝礼のお届けのためだけに利用し、そのほかの目的のために利用することはありません。

〒一〇一-八七〇一
祥伝社文庫編集長　坂口芳和
電話　〇三（三二六五）二〇八〇

祥伝社ホームページの「ブックレビュー」からも、書き込めます。
http://www.shodensha.co.jp/bookreview/

祥伝社文庫

不可思議《ふかしぎ》な殺人《さつじん》

平成12年 2月20日　初版第1刷発行
平成27年 8月30日　　第10刷発行

著　者　西村京太郎《にしむらきょうたろう》　津村秀介《つむらしゅうすけ》　小杉健治《こすぎけんじ》　鳥羽亮《とばりょう》
日下圭介《くさかけいすけ》　中津文彦《なかつふみひこ》　五十嵐均《いがらしひとし》　梓林太郎《あずさりんたろう》
山村美紗《やまむらみさ》

発行者　竹内和芳

発行所　祥伝社《しょうでんしゃ》

東京都千代田区神田神保町3-3
〒101-8701
電話　03（3265）2081（販売部）
電話　03（3265）2080（編集部）
電話　03（3265）3622（業務部）
http://www.shodensha.co.jp/

印刷所　図書印刷
製本所　ナショナル製本

ISBN978-4-396-32745-3 C0193